春潮NOV+

回到
分歧
的
路口

我与世界挣扎过
日本文学名家十讲

《浪漫的越界：夏目漱石》
《阴翳、女性与风流：谷崎润一郎》
《无力承担的自我：芥川龙之介》
《银河坠入身体：川端康成》
《厌倦做人的日子：太宰治》
《永无止尽的狂热：三岛由纪夫》

杨照 著

永无止尽的狂热

三岛由纪夫

中信出版集团｜北京

图书在版编目（CIP）数据

永无止尽的狂热：三岛由纪夫 / 杨照著. -- 北京：
中信出版社，2024.7
（日本文学名家十讲：我与世界挣扎久）
ISBN 978-7-5217-6562-5

Ⅰ.①永… Ⅱ.①杨… Ⅲ.①三岛由纪夫(1925-
1970) - 文学研究 Ⅳ.①I313.07

中国国家版本馆CIP数据核字(2024)第092501号

本书由杨照正式授权，经由CA-LINK International LLC代理，
由中信出版集团股份有限公司出版中文简体字版本，
非经书面同意，不得以任何形式任意复制、转载。
中文简体字版©2024年，由中信出版集团股份有限公司出版。

永无止尽的狂热：三岛由纪夫
（日本文学名家十讲：我与世界挣扎久）

著　者：杨照
出版发行：中信出版集团股份有限公司
　　　　（北京市朝阳区东三环北路27号嘉铭中心　邮编　100020）
承　印　者：河北鹏润印刷有限公司

开　本：880mm×1230mm　1/32　印　张：8.25　字　数：170千字
版　次：2024年7月第1版　　　　印　次：2024年7月第1次印刷
书　号：ISBN 978-7-5217-6562-5
定　价：59.80元

版权所有·侵权必究
如有印刷、装订问题，本公司负责调换。
服务热线：400-600-8099
投稿邮箱：author@citicpub.com

总序

看待世界与时间

*

京都是一座重要的"记忆之城",保留了极为丰富的文明记忆。罗马也是一座"记忆之城",但罗马和京都很不一样。

罗马极其古老,到处可以感觉其古老,但也因此和现代的因素常常出现冲突。例如观光必访的特雷维喷泉"许愿池",大家去的时候不会有强烈的违和感吗?古老而宏伟的雕刻水池被封闭在逼仄的现代街区里,再加上那么多拿着手机、相机拥挤拍照的人群,那份古老简直被淹没了。

或者是比较空旷的罗马古城,那里所见的是一大片显现时间严重侵蚀的废墟,让人漫步在荒烟蔓草之间,生出"眼看他起高楼,眼看他楼塌了"的无穷唏嘘。在这里,只有古老,没有现代,没有现实。

罗马、佛罗伦萨、威尼斯这些城市里,基本上记忆归记忆,现实归现实,在古迹或博物馆、美术馆里,我们沉浸在历史文明记忆中,走出来,则是很不一样的当前现实生活环境。相对地,在京都或巴黎能够得到的体验,却是现实与历史的融混,不会有明确的界限,现代生活与古老记忆彼此穿透。

我的知识专业是历史,我平常读得最多的是各种历史书籍,因而我会觉得在一个记忆元素层层叠叠、蓦然难以确切分辨自己身处什么时空的环境中,能产生一份迷离恍惚,是最美好、最令人享受的。

二十多年来，我一再重访京都，甚至到后来觉得自己是重返京都。我可以列出许多我想去、应该去、却迟迟还没有去的旅游目的地，其中几个甚至早有机会去但都放弃了。内蒙古大草原、青藏高原、瑞士少女峰、北欧冰河与极光区，这几个地方都是大山大水、名山胜景，但也都没有人文历史的丰富背景。好几次动念要启程去看这些自然奇观，后来却总是被强大的冲动阻碍了，往往还是将时间与旅费留下来，又再回到巴黎或京都。

我当然知道在那些地方会得到自然的震撼洗礼，然而我的偏执就表现在，一想到平安神宫的神苑，或是从杜乐丽花园走向卢浮宫的那段路，我的心思就又向京都、巴黎倾斜了。我还是宁可回到有记忆的地方，有那座城市的记忆，然后又加上了我自己在那座城市里多次旅游的记忆，集体与个体记忆交错，组构了在意识中深不可测的立体内容。

*

京都有特殊的保存记忆的方式，源自一份矛盾。京都基本上是木造的，去到任何建筑景点，请大家稍微花几分钟驻足在解说牌前，不懂日文也没关系，光看牌上的汉字就好了。你一定会看到上面记载着这个地方哪一年遭到火烧，哪一年重建，哪一年又遭到火烧然后又重建……

木造建筑难以防火，火灾反复破坏、摧毁了京都的建筑、街道。照道理说，木造的城市最不可能抵挡时间，烧毁一次会换上一次不同的新风貌。看看美国的芝加哥，一八七一年经历了一场大火，将城市的原有样貌完全摧毁了，在火灾废墟上建造起新的现代建筑，才有了我们今天所认识的这个芝加哥。

京都大量运用木材，一方面受到自然环境影响，旁边的山区适合生长可以运用在建筑上的杉木；不过另一方面更重要的，是文化上模仿了中国的先例。中国传统建筑以木材而非石材构成，很难长久保存，使得留下来的古迹，时代之久远远不能和埃及、希腊、罗马相提并论。中国存留的木构古建筑，最远只能推到中唐，距今一千两百年，而且那还是在山西五台山的唯一孤例。

伴随着木造建筑，京都发展出一种不曾在中国出现的应对策略，那就是有意识地重建老房子。不只是烧掉或毁损了的房子尽量按照原样重建，甚至刻意将一些重要建筑有计划地每隔十年、二十年部分或全部予以再造。

再造不是"更新"，而是为了"存旧"。不只是再造后的模样沿袭再造前的，而且固定再造能够保证既有的工法不会在时间中流失。上一代参与过前面一次建造过程的工匠老去前，就带着下一代进行重造，让下一代也知道确切、详密的技术与工序。

这不是由朝廷或政府主导的做法，而是彻底渗入京都居民的生活习惯。京都最珍贵的历史收藏不在博物馆里，而在一间间的寺庙中。每一座寺庙都有自己的宝库,大部分宝库都是"限定拜观",一年只开放几天,或是有些藏品一年只展示几天。最夸张的,像是大觉寺(侯孝贤电影《刺客聂隐娘》的拍摄取景地)有一座"敕封心经殿",里面收藏了嵯峨天皇为了避疫祈福所写的《心经》,每逢戊戌年才会开放拜观——是的,每六十年一次!

我在二〇一八年看到了这份天皇手抄的《心经》。步入小小藏经殿堂时,无可避免心中算着,上一次公开是一九五八年,我还没出生,下一次公开是二〇七八年,我必定不在这个世界上了。这是我毕生唯一一次逢遇的机会,幸而来了。如此产生了奇特的时间感,一种更大尺度的历史性扑面而来的感觉。

*

就像爱德华·吉本(Edward Gibbon)在罗马古迹废墟间,黄昏时刻听到附近修道院传来的晚祷声,而起心动念要写《罗马帝国衰亡史》,我也是在一个清楚记得的时刻,有了写这样一套解读日本现代经典小说作家作品的想法。

时间是二〇一七年的春天,地点是京都清凉寺雨声淅沥的庭园里。不过会坐在庭园廊下百感交集,前面有一段稍微曲折的过程。

那是在我长期主持节目的台中"古典音乐台"邀约下,我带了一群台中的朋友去京都赏樱。按照我排的行程,这一天去岚山和嵯峨野,从龙安寺开始,然后一路到竹林道、大河内山庄、野宫神社、常寂光寺、二尊院,最后走到清凉寺。然而从出门我就心情紧绷,因为天公不作美,下起雨来,气温陡降,而且有几个团员前一天晚上逛街时走了很多路,明显脚力不济。我平常习惯自己在京都游逛,合理的做法应该是改变行程,例如改去有很多塔头的妙心寺或东福寺,可以不必一直撑伞走路,密集拜访多个不同院落,中午还可以在寺里吃精进料理,舒舒服服坐着看雨、听雨。但配合我、协助我的领队林桑[1]告诉我,带团没有这种随机调整的空间。我们给团员的行程表等于是合约,没有照行程走就是违约,即使当场所有的团员都同意更改,也无法确保回台湾后不会有人去"观光局"投诉,那么林桑他们的旅行社可就要吃不完兜着走了。

好吧,只好在天气条件最差的情况下走这一天大部分都在户外的行程。下午到常寂光寺时,我知道有一两位团员其实体力接近极限,只是尽量优雅地保持正常的外表。这不是我心目中应该要提供心灵丰富美好经验的旅游,使我心情沮丧。更糟的是再往下走,到了二尊院门口才知道因为有重要法事,这一天临时不对游客开放。在当时的情况下,这意味着本来可以稍微躲雨休息的机会也被取消了,大家别无办法,只好拖着又冷又疲累的身子继续走向清凉寺。

清凉寺不是观光重点,我们到达时更是完全没有其他访客。

---

1 桑:日语音译,"先生"。(本书注释如无特别说明,均为编者注。)

也许是惊讶于这种天气还有人来到寺里参观吧,连住持都出来招呼我们。我们脱下了鞋走上木头阶梯,几乎每个人都留下了湿答答的脚印,因为连鞋里的袜子也不可能是干的。住持赶紧要人找来了好多毛巾,让我们在入寺之前可以先踩踏将脚弄干。过程中,住持知道我们远从台湾来,明显地更意外且感动了。

入寺在蒲团上坐下来,住持原本要为我们介绍,但我担心在没有暖气、仍然极度阴寒的空间里,住持说一句领队还要翻译一句,不管住持讲多久都必须耗费近乎加倍的时间,对大家反而是折磨。我只好很失礼地请领队跟住持说,由我用中文来对团员介绍即可。住持很宽容地接受了,但接着他就很好奇我这位领队口中的"せんせい"(老师)会对他的寺庙做出什么样的"修学说明"。

我对团员简介清凉寺时,住持就在旁边,央求领队将我说的内容大致翻译给他听,说老实话,压力很大啊!我尽量保持一贯的方式,先说文殊菩萨仁慈赐予"清凉石"的故事,解释"清凉寺"寺名的由来,接着提及五台山清凉寺相传是清朝顺治皇帝出家的地方,是金庸小说《鹿鼎记》中的重要场景,再联系到《源氏物语》中光源氏的"嵯峨野御堂"就在今天京都清凉寺之处。然后告诉大家这是一座净土宗寺院,所以本堂的布置明显和临济禅宗寺院很不一样,而这座寺庙最难能可贵的是有着中空躯体里塞放了绢丝象征内脏的木雕佛像,相传是从中国漂洋过海而来的。最后我顺口说了,寺院只有本堂开放参观,很遗憾我多次到此造访,从来不曾看过里面的庭园。

说完了,我让团员自行参观,住持前来向我再三道谢,惊讶于我竟然对清凉寺了解得如此准确,接着又向我再三致歉。我一时不知道他如此恳切道歉的原因,靠领队居中协助,才弄清楚了,住持的意思是抱歉让我抱持了多年的遗憾,他今天一定要予以补偿,所以找了人要为我们打开往庭园的内门,并且准备拖鞋,破例让我们参观庭园。

于是,我看着原本未预期看到的素雅庭园,知道了如此细密修整的地方从来没打算对外客开放,那样的景致突然透出了一份神秘的精神特质。这美不是为了让人观赏的,不是提供人享受的手段,其自身就是目的,寺里的人多少年来,几十年甚至几百年间,日复一日毫不懈怠地打扫、修剪、维护,他们服务的不是前来观赏庭园的人,而是庭园之美自身,以及人和美之间的一种恭谨的关系,那一丝不苟的敬意既是修行,同时又构成了另一种心灵之美。

坐在被水汽笼罩的廊下,心里有一种不真实感。为什么我这样一个深具中国文化背景的台湾人,能在日本受到尊重,能够取得特权进入、凝视、感受这座庭园?为什么我真的可以感觉到庭园里的形与色,动中之静、静中之动,直接触动我,对我说话?我如何走到这一步,成为这个奇特经验的感受主体?

在那当下,我想起了最早教我认识日语、阅读日文,自己却一辈子没有到过日本的父亲。我想起了三十年前在美国遇到的岩崎教授，仿佛又看到了她那经常闪现不信任、怀疑的眼神，在我身上扫出复杂的反应。

*

我在哈佛大学上岩崎老师的高级日文阅读课，是她遇到的第一个中国台湾研究生。我跟她的互动既亲近又紧张。亲近是因她很早就对我另眼看待，课堂上她最早给我们的教材立即被我看出来处：一段来自村上春树的《且听风吟》，另一段来自日文版的海明威小说集《我们的时代》。她要我们将教材翻译成英文，我带点恶作剧意味地将海明威的原文抄了上去。她有点恼怒地在课堂上点名问我，刚发下来的几段教材还有我能辨别出处的吗。不巧，一段是川端康成的掌中小说[1]，另一段是吉行淳之介的极短篇，又被我认出来了。

从此之后岩崎老师当然就认得我了，不时会和我在教室走廊或大楼的咖啡厅说说聊聊。她很意外一个从台湾来的学生读过那么多日文小说，但另一方面，她又总不免表现出一种不可置信的态度，认为以我一个非日本人的身份，就算读了，也不可能真正理解这些日本小说。

每次和岩崎老师谈话我都会不自主地紧绷着。没办法，对于必须在她面前费力证明自己，我就是备感压力。她明知道我来修这门课，是不想耗费时间在低年级日语的听说练习上，因

---

[1] 掌中小说：又译"掌小说"，日本文学概念，指极为短小的小说。

为我的日语会话能力和日文阅读能力有很大的落差，但她还是不时会嘲笑我的日语，特别喜欢说："你讲的是闽南语而不是日语吧！"因此我会尽量避免在她面前说太多日语，坚持用英语与她讨论许多日本现代的作家与作品。

她不是故意的，但是一个中国学生在她面前侃侃而谈日本文学，常常还是让她无法接受。愈是感觉到她的这种态度，我就愈是觉得自己不能放松、不能输。这不是我自己的事了，对她来说，我就代表中国台湾，我必须争一口气，改变她对于中国人不可能进入幽微深邃的日本文学心灵世界的看法。

那一年间，我们谈了很多。每次谈话都像是变相的考试或竞赛。她会刻意提及一位知名作家，我会提及我读过的这位作家的相应作品，然后她像是教学般地解说这部作品，而我刻意地钻洞找缝隙，非得说出和她不同，同时能说服她接受的意见。

这么多年后回想起来，都还觉得好累，在寒风里从记忆中引发了汗意。不过我明白了，是那一年的经验，让我得以在历史的曲折延长线上培养了这样接近日本文化的能力。我不想浪费殖民统治历史在我父亲身上留下，又传给了我的日文能力，更重要的是，我拒绝自己因为中国人的身份，而被认为在对日本文化的吸收体会上，必然是次等的、肤浅的。

于是那一刻，我有了这样的念头，要通过小说家及作品，来探究日本——这个如此之美，却又蕴含如此暴烈力量，同时还曾发动侵略战争的复杂国度。这不是一个单纯的"外国"，而是盘旋在中国台湾历史上空超过百年、幽灵般的存在。

在清凉寺中，我仿佛听到自己内心如此召唤："来吧，来将那一行行的文字、一个个角色、一幕幕情节、一段段灵光闪耀的体认整理出意义吧。不见得能回答'日本是什么'，但至少能整理出叩问'我们该如何了解日本'的途径吧。"我知道，毋宁说是我相信，我曾经付出的工夫，让我有这么一点能力可以承担这样的任务。

*

写作这套书时，我有意识地采取了一种思想史的方式来讲述这些作家与作品。简而言之，我将每一本经典小说都看作是这位多思多感的作家，在自己所处的时代中遭遇了问题或困惑后因而提出的答案。我一方面将小说放回他一生前后的处境中进行比对，另一方面提供当时日本社会的背景及时代脉络，以进一步探询那原始的问题或困惑。如此我们不只看到、知道作者写了什么、表现了什么，还可以从他为什么写以及如何表现的人生、社会、文学抉择中，受到更深刻的刺激与启发。

另外，我极度看重小说写作上的原创性，必定要找出一位经典作家独特的声音与风格。要纵观作家的大部分主要作品，整理排列其变化轨迹，才能找出那种贯穿其中的主体关怀，将各部小说视为对这主体关怀或终极关怀的某种探测、某种注解。

在解读中，我还尽量维持了作品的中心地位，意思是小心避免喧宾夺主，以堆积许多外围材料、高深说法为满足。解读必须始终依附于作品存在，作品是第一位的、首要的，我的目的是借由解读，让读者对更多作品产生好奇，并取得阅读吸收的信心，从而在小说里得到更广远或更深湛的收获。

抱持着为中文读者深入介绍日本文学与文化的心情，重读许多作家作品，又有了一番过去只是自我享受、体会时没有的收获——可以称之为"移位抚情"的作用。正因为二十世纪的现代日本走了和中国几乎对立、相反的道路，日本人民在那样的社会中所受到的心灵考验，反映在文学上的，看似必定与我们不同，然而内在却又有着惊人的共通性。

他们看待世界的方式，尤其是他们看待时间在建设与毁坏中的辩证，和我们如此不同。然而，被庞大外在时代力量拖着走，努力维持个人一己生命的独立与尊严性质，这种既深刻又幽微的情感，却又与我们如此相似。阅读日本文学，因而有了对应反照的特殊作用，值得每一位当代中文读者探入尝试。

在这套书中，我企图呈现从日本近代小说成形到当今的变化发展，考虑自己在进行思想史式探究中可能面临的障碍，最后选择了十位生平、创作能够涵盖这段时期，而且我有把握进入他们感官、心灵世界的重要作家，组织起相对完整的日本现代小说系列课程。

这十位小说家，依照时代先后分别是：夏目漱石、谷崎润一郎、芥川龙之介、川端康成、太宰治、三岛由纪夫、远藤周作、大江健三郎、宫本辉和村上春树。每位作者我有把握解读的作品多寡不一，因而成书的篇幅也相应会有颇大的差距。川端康成和村上春树两本篇幅最长，其次是三岛由纪夫，当然这也清楚反映了我自己文学品味上的偏倚所在。

虽然每本书有一位主题作家，但论及时代与社会背景，乃至作家间的互动关系，难免有些内容在各书间必须重复出现，还请通读全套解读书目的朋友包涵。从十五岁因阅读川端康成的小说《山之音》而有了认真学习日文、深入日本文学的动机开始，超过四十年时间浸淫其间，得此十册套书，借以作为中国与日本之间复杂情仇纠结的一段历史见证。

目录

前言　青春意志的至高表现　　　　　　　/ 1

第一章　所谓的日本
　　　——三岛由纪夫的思想背景　　　　/ 7

让欧美无法忽视的存在　　　　　　　　　/ 9

侵略者与受害者　　　　　　　　　　　　/ 12

"菊"与"刀"的对比　　　　　　　　　　/ 14

日本的"转型"　　　　　　　　　　　　/ 16

"战后派"的写作潮　　　　　　　　　　/ 17

三岛的作家之路　　　　　　　　　　　　/ 20

公认的代表作　　　　　　　　　　　　　/ 21

《金阁寺》之美　　　　　　　　　　　　/ 23

"美"的魔咒　　　　　　　　　　　　　/ 26

第二章 用生命创作的
《丰饶之海》四部曲　　　　　　　/ 29

如果一生只读一本三岛由纪夫　　　　/ 31

从《丰饶之海》解谜自杀动机　　　　/ 33

饭沼勋与《神风连史话》　　　　　　/ 35

《丰饶之海》的前导之作——《镜子之家》/ 38

接连的挫折　　　　　　　　　　　　/ 40

死亡该由谁来决定？　　　　　　　　/ 42

《丰饶之海》的创作起点　　　　　　/ 45

风格迥异的"四部曲"　　　　　　　/ 48

创作《丰饶之海》的五年间　　　　　/ 50

挑战小说的前提与常识　　　　　　　/ 52

《丰饶之海》与轮回转世　　　　　　/ 54

百万字海中航向生命终点　　　　　　/ 55

《丰饶之海》的最佳译本？　　　　　/ 57

第三章 读《春雪》与《奔马》　　　　/ 61

纤细而柔美的《春雪》　　　　　　　/ 63

自取毁灭的爱情	/65
贯穿四部曲的唯识观	/68
"末那识"与自我意识	/70
"阿赖耶识"与种子	/72
东方佛法与西方自然法	/74
时代洪流下的个体与集体	/76
松枝清显的爱情困境	/78
语言文字与肉体实践	/80
新旧时代交替的《春雪》	/82
真假华族	/84
联系四部曲的要角	/86
《丰饶之海》的冲突与犹豫	/90
挑衅太宰治	/92
川端康成的帮助	/94
与太阳和解——《太阳与铁》	/97
肉体、语言与文学	/99
痛苦是肉体唯一的保证	/101
《奔马》的"荒魂"	/104
《春雪》到《奔马》的连接点	/106

松枝清显的转世轮回 /108

为热情而死的意志 /111

以《奔马》映照三岛自杀事件 /113

梦想着太阳而死 /114

非死不可的决心 /118

法庭上的矛盾 /120

被破坏的纯粹性 /122

"荒魂"升起了 /125

第四章 读《晓寺》与《天人五衰》 /129

《晓寺》的本多繁邦 /131

死亡不是终点 /132

三世轮回的象征 /134

为何有"阿赖耶识"的存在？ /138

虚无主义与艺术 /141

人生与小说的华美终点 /143

自命非凡的本多透 /146

第四世轮回 /149

生命的衰败 /151

丰饶之海的幻象　　　　　　　　　　/ 153

第五章　青春、情欲与轮回　　　　/ 157

《午后曳航》的情欲场景　　　　　　/ 159

情欲与汽笛　　　　　　　　　　　　/ 161

海洋的比拟　　　　　　　　　　　　/ 164

《春雪》中关于海的场景　　　　　　/ 166

海洋和性爱　　　　　　　　　　　　/ 169

无限的青春　　　　　　　　　　　　/ 172

关于轮回　　　　　　　　　　　　　/ 175

反小说的小说　　　　　　　　　　　/ 177

轮回的颓丧　　　　　　　　　　　　/ 179

对死亡的热情　　　　　　　　　　　/ 181

马勒和川端康成　　　　　　　　　　/ 183

如何看待老去？　　　　　　　　　　/ 185

《禁色》中的恶德美少年　　　　　　/ 187

青春与智慧总是不同步　　　　　　　/ 189

论死亡之高潮　　　　　　　　　　　/ 192

死亡的"经验"　　　　　　　　　　/ 195

三岛由纪夫的终极追求　　　/ 197

日本人如何看待死亡？　　　/ 199

传统日本社会的构成　　　/ 201

武士道精神　　　/ 204

义理社会　　　/ 206

身份与义务　　　/ 208

禁忌的同性之爱　　　/ 211

"像样"的男人与赝品意识　　　/ 213

深具舞台意识的自杀铺陈　　　/ 215

与青春共殉　　　/ 217

大战过后的创伤　　　/ 221

日本战败后的态度　　　/ 224

天皇的重要性　　　/ 227

战后的日本政治运作　　　/ 229

从自由派走向国族主义　　　/ 232

未完成的"文明提案"　　　/ 234

三岛由纪夫年表　　　/ 237

前言

青春意志的至高表现

一九七〇年三岛由纪夫高调自杀酿成国际新闻时，我八岁，当然还来不及有所知觉、感受。六年之后，我家从原来所住的市井热闹的晴光市场搬到了民生小区，我得以发现并饥渴地运用敦化北路上、新开设的行天宫图书馆。在那里，翻着文学类的书卡，我借出了三岛由纪夫的《假面的告白》。

依稀记得会对三岛由纪夫的书发生兴趣，恐怕是出于幼少时的错误联想混淆。三岛由纪夫让我想起母亲最欣赏、最爱提起的日本明星三船敏郎。其实一直到现在，写这本书的过程中，在某些不预期的段落里，我的眼前还是会突然浮现出三船敏郎或潇洒或英勇或狼狈或悲剧性的面容，取代了三岛由纪夫或他小说中的角色。没有认真去追究，也不可能有明确的答案，但我总觉得在那样的时代气氛下，在日本文化的脉络中，这两个人有着非常相近的形象与精神。

《假面的告白》我没有读懂，真的读不懂。只记得了小说开头叙述者将自己的记忆追溯到胎儿时代，让我极度遗憾自己再怎么努力回想都对于三岁之前的事找不到任何印象。还有一种勉强可以感觉到的类似，让我重读了之前震撼我的林怀民作品，收在小说集《变形虹》里的《安德烈·纪德的冬天》，感知那种爱恋的阴郁与深沉。

另外就是引发了我不服输的少年冲动。正因为读不懂，便赌气般地将行天宫图书馆中找得到的所有三岛由纪夫作品都陆续借出来。《忧国》对我来说还是很难理解，《潮骚》就豁然开朗了。然后是让我在五专联考前夕一夜无眠放不下书，以至于第二天决定放弃考试的《午后曳航》。开头那是什么样的禁忌场面啊，偷窥、性爱、母亲仍然年轻丰美的肉体、一个如同散放着海水盐味与海上阳光热度的男人，读时几乎可以听到自己胸口跳动得愈来愈快，随着文本清清楚楚听到了那声高潮汽笛……

再下来则是《金阁寺》。奇妙地，光是想到沟口因为金阁如此之美而产生了纵火的冲动，就足以使我心跳加快。不得不带点惊慌地意识到，原来自己内在也有这种毁灭性、罪恶的一面？如果让我有机会破坏、摧毁一样我觉得最美的物品，我也会抗拒不了那样的诱惑？

然后我开始购买、收藏能找到的三岛由纪夫小说译本，再过两年，在当时新开的、位于中山北路上的"永汉书店"，买入了日文版的《禁色》，开始摸索着感受三岛由纪夫华丽的原本。

那段开始接触、认识日本现代文学的过程中，三岛由纪夫和川端康成是两座不断引我攀爬的高山。然而两个人的作品在阅读上却总是产生很不一样的反应。阅读川端康成带来的是一份迷离之感，读中文译本觉得有一层隔阂，必须努力回到日文去理解，但即使读的是日文，又恐怕自己的日文程度不够好，文字间、文字背后总好像还是有很多迷迷蒙蒙的、更深刻更难捕捉的内容逃离我的掌握。

相对地，三岛由纪夫所写的，对我来说要清晰有力多了。一章一章，甚至一句一句都直接捶在心头，发出一种像是灵魂被敲开的声音。每一章，甚至每一句敲开灵魂的一个或大或小的角落，把自己吓了一跳，原来我懂这种经验、了解这种冲动，原来我的生命中有这样的极端、荒唐内容！

还有另外一组对照的差异。热切阅读川端康成和三岛由纪夫的时期，我疯狂地每天写现代诗，到了几乎一天不完成一两首诗就觉得活不下去的地步。但很奇怪，读三岛由纪夫的作品，总是产生一种将我从现代诗拉向小说的巨大力量，油然生出"应该写这样的小说啊"的念头，而且似乎认定自己是可以，至少是有机会写出那样的作品的。

相对地，川端康成的小说只带来一重又一重的阅读挑战，引我必须一次又一次重读细读，动用当时拥有的一切能力：分析的、直觉的、感受的、一点点历史与文化的，去进行不会有尽头的挖掘……即使后来有一阵子我专注地写约莫"掌中小说"长度的作品，主要的创作刺激也不是来自川端康成，而是写《秋阳似酒》时期的刘大任。

不过回头想想，最关键的对照差异毕竟是：阅读三岛由纪夫从来没有任何一刻让我意识到这是一个已经死去的人所留下来的作品。虽然他的小说里有很多死亡与毁灭的情节，更多死亡与毁灭的想法，但表达的方式总是热火的、高速的，仿佛汽车引擎正呼吼输出最大扭力般。

怎么可能一个自杀而死的人，却在作品中让人感受到满满的欲望与青春？仍然是强烈对比，川端康成无疑是"老灵魂"，看到生平资料中讲到他小小年纪就得到"参加葬礼的名人"称号时，不得不替他悲伤地连连点头，他的作品之所以深邃，正因为被时间、被特殊日本式的"物之哀"浸透了吧。来日无多的怅惘使得他格外敏感于摹写莫名的伤怀。

因而三岛由纪夫身上、笔下布满了生与死的矛盾张力，激烈死去的人非但不是时时在作品中向读者提示死亡，反而使得读者在阅读间遗忘了真实的、切身的死亡，将死亡抽象化、美学化，包裹在浓得化不开的青春烈焰中，失去了其杀伤、挖空的性质。

这本书沿着过去的阅读印象试图直面生与死的矛盾张力。从文学技法与意义的严格标准，我将《丰饶之海》和三岛由纪夫的其他小说区隔开来，放掉自己年少时期曾经如此喜爱的诸多作品，进行双重聚焦解读。一重是以《丰饶之海》为中心，详密分析这部"终极之作"的构成与推展；第二重是选择不符合理性的青春肉体执念来贯串三岛由纪夫的人生与写作，希望可以借此帮助读者领略"暴烈与美"的奇幻统一。

回到当年八岁的我所不理解的事件，原来那并不是死亡的仪式，而是青春意志的至高表现——三岛由纪夫要以死亡来抗拒、终结死亡的阴影与威胁。

第一章

所谓的日本
——三岛由纪夫的思想背景

让欧美无法忽视的存在

过去两百年来,历史变化的一条主轴,是欧洲文化如何一步步扩张:将主要在十九世纪取得的突破,即各种发现、发明,感染、影响了世界上愈来愈多的地方。这些欧洲以外地方具体的经历,最主要的也就是引进欧洲的书籍,通过翻译认真阅读,吸收新发现、新发明。

很长一段时间,如此形成了知识上的单行道,欧洲是出发地,传向其他文明的接收地。欧洲是中心,其他都是边陲,知识、书籍从中心往边陲输送,很少有相反方向的活动。

这段时间中,欧洲不是完全没有翻译其他地区的书籍,不过很明显的,例如说二十世纪三十年代前被译成英文的中文书,几乎都是历史传统典籍,极少有当代出版品。倒过来,在中国出现的第一代翻译家,例如严复,不会将精力放在翻译希腊、罗马典籍上,也没有去翻译莎士比亚,他的注意力聚焦于《天演论》《国富论》《社会通诠》等最新的流行知识。这中间有着高度的时间差,以及不同的文明评价。

这种情况要到二十世纪后半叶,第二次世界大战结束后,才有了巨大的改变。战争是刺激改变的重要因素。战争使得美国人、英国人意识到当代中国的具体存在,意识到中国不只有孔老夫子,不是停留在孔老夫子的时代,还有着共时性的中国人，他们有思想、有文学、有书籍值得认识。

战争当然更让欧美人士不能忽视日本的存在。在接触远东时，西方对于日本文化表现出了高于中国文化的兴趣。西方主要的博物馆、美术馆通常都有"远东部门""东方收藏"，如果单纯从他们的藏品判断，人们会认为东方最大的国家是日本，因为在质和量上，日本文物最为突出醒目。排在日本后面的，可能是泰国或斯里兰卡，再来才是印度，相对地，中国的存在并不起眼。

日本最大的特色，在于高度美学化的生活，他们的工艺与美术吸引了许多注意。日本的工匠技艺高度发展，社会地位远远高于中国工匠，更有着与其制作成品相辉映的专业自尊信念。日本工匠有意识地创造具备永恒美感价值的对象，很容易让西方人在初接触时就留下深刻印象。

而二十世纪的日本，又向西方传送了像搭云霄飞车般的惊奇刺激。这个他们过去认识的古老优雅的文明、安静华美的社会，爆发出巨大能量，快速脱胎换骨，崛起成为足可以和西方平起平坐的现代国家。一九〇四到一九〇五年，日本不只是打败了欧洲的古老大国俄罗斯，而且最终决定性的战役发生在海上，由海军赢得了关键的胜利。

在那个时代，海军是现代科技的集中处，从船舰到炮火到操控，都必须以现代科学知识为基础，日本竟然进步到在这样的领域都能和欧洲齐步。不到四十年后，日本偷袭美国珍珠港,决战的领域又换到更新进的空军飞机与航行技术了。

从美国的角度看,日本太奇怪了,一方面如此不守信用违反基本文明成规,没宣战就发动偷袭,另一方面却又在象征现代文明的科技成就上如此进步。更大的战栗、惊讶还在后面。

美国弗吉尼亚州波托马克河畔有一座极为有名的雕像,表彰美国海军陆战队的战斗精神,雕刻的是六名海军陆战队员合力在一个峰顶将美国国旗竖起。雕像是依照真实的战场相片去刻的,地点是硫黄岛。和日本搏战的"硫黄岛战役"是美国海军陆战队成军以来,最惨烈的一场战斗,阵亡的战士比例高达出动部队人数的百分之三十七,每三个人中就有一个死去。怎么会打得如此惨烈?因为日本人始终不屈服,一直战斗到最后,完全违反了一般战场上可预期的行为模式。

太平洋战争打到最后,日本喊出了"一亿玉碎"的口号,不只是军人,连平民都要牺牲生命死守到最后。日本人怎么可能狡猾到不遵从根本的"公平办事"规则,却又可以如此壮烈地轻恤生命?到战争后期,日本人怎么还能造出拥有顶尖科技的零式战斗机,然后用具备高超飞航性能的飞机进行疯狂的自杀式"神风特攻队"攻击?就连海军主力战舰都没有回程油料,被用在自杀冲撞战斗上?

日本人不只是不爱惜生命,还将工匠技艺最高峰的制成品以最粗暴的方式毁坏。美国人无法理解,但却又不能不设法理解。

侵略者与受害者

尽管在两颗原子弹之后日本总算投降了,美国人面对被打败的日本人却仍然心有余悸。同样是大战中的主要敌人,美国人没有那么害怕德国人。就算能在德国投降之前成功发明原子弹,美国应该也不会将原子弹投到德国的城市。这在于西方文明的共同背景、情感,不像他们看到日本人那么陌生,完全无法预测日本的行为,被逼动用最激烈的手段来解决战争。

日本是什么?美国人大感困惑。而后来的发展显示:连日本人自己都感到困惑,他们也无法解释自身从军国主义兴起迈向战争,坚持到最后只能以无条件投降收场,又立即对战胜者美国表现出苟活谄媚的一面。"大正民主"到昭和的军国主义,是逆转;战败投向美国,又是逆转。一个国家怎么能如此倒来倒去,每个人变成集体的反面,生出"负面的我们"?

在这件事上,日本和德国很不一样。战争结束,德国纳粹屠杀六百万犹太人的事实被完整揭露,那是人类历史上不折不扣的空前的罪恶行为。德国不只是战败国,而且在道德上失去了所有的立足点,以至于德国人甚至不能试图去解释为什么会有希特勒的纳粹政权,为什么发生了犹太人大屠杀。任何解释都会立即被当作辩护,立即引来最深切的谴责。

战后的德国人必须将一切吞下去,包括在战争后期自身承受的巨大损害。柏林、德累斯顿、汉堡、汉诺威等十几座城市在英美盟军的空袭下，几乎被夷为平地，每一座城市的死伤平民都有几万人，甚至几十万人。但德国人对此不能说也不能哀悼，只能借由像冯内古特那样有着双重身份的作家，以魔幻的笔法在小说《五号屠场》中描述德累斯顿大轰炸。德国人的压抑，造成了奇特的集体心理状态，刺激产生了现代集体心理学的经典名著：米切利希夫妇所写的《无力悲伤》。

德国人没有权利去问：怎么会这样？我们是怎么搞出这场大悲剧的？他们心中当然有强烈的疑惑，他们当然想探索答案，但不行，因为他们找到的任何解释，看起来都会像是在辩护，在表示做这些事是有道理的。

相比之下，两颗原子弹给了日本一定的自由。日本成为人类历史上至今唯一的"原爆受难者"国家，这模糊、缓和了原本的战争侵略者角色。所以他们不用像德国人那样对战争往事保持彻底的沉默，而能够在战后追问：我们是谁？在什么样的力量驱使下发动了战争？我们到底怎么了？

德国人只能一直道歉、一直承认错误，其实他们反而无法实事求是地探究自己的纳粹历史。日本人在战后却对于昭和史，从九一八事变到"二二六事件"到太平洋战争爆发提出了很多解释。他们的解释必然有左中右不同立场，在被日本侵略、承受战争破坏的人们，尤其是中国人听来往往就格外刺耳、格外难以忍受。

"菊"与"刀"的对比

在这样的背景中，本尼迪克特的《菊与刀》凸显了特殊的历史地位。

这是一本奇怪的书，研究、解释日本文化、日本社会，然而作者既不懂日语，也没有到过日本，甚至写书之前不曾涉入和日本有关的领域。本尼迪克特凭借的是什么？是她作为人类学家博厄斯的学生，对于"文化模式"理论有着精深掌握。她以被美国政府当作潜在敌人关在封闭营区中的"在美日本人"为田野调查对象，写出了这样一本书。

人类学者可以这么草率地成书、出书？在根本道理上，以研究条件与形成过程判断，这本书不可能精确地呈现日本文化，却仓促完成、出版。因为这不是一本学术意义上的严谨著作，而是一种战争时期的紧急救助措施。本尼迪克特是接受美国海军的委托，为提供在太平洋战争中求胜的手段而进行调查的。

美国海军在第一线上感受到压力与需求——弄不懂这样的敌人，没有把握预想他们会有的战争行为，因此必须从更根柢的层面来认识日本人，让海军上上下下心里有个底，知道日本人的价值观，尤其是他们的胜败观念与生死观念。

本尼迪克特尽到了战争中的公民责任，在极其有限的配备下，紧急进到日本人集中营，访问里面的各种日本人，有的刚来到美国，有的已经是"二代"，在美国出生长大，甚至有些是"三代"，父亲或母亲都是在美国出生的。然后她提出了一个简要的模式帮助那些要和日本人进行生死决战的军人理解日本文化。

这个模式就是"菊"和"刀"的对比。"菊"象征了日本高度美学化的社会性格，"刀"则象征了日本集体心理中对于暴力的崇拜。日本文化中，美与暴力是紧密缠卷在一起的。之前的疑惑"为什么这样一个热爱美的社会竟然变得如此暴力"得不到答案，因为根本问错问题了。美与暴力在日本不是对反的两种性质，而是联结在一起彼此加强的。

所有的事物都会衰败而变丑，因而追求美、保存美的努力，其中最重要的一部分是在衰败来到之前完结生命，那当然是暴力。愈是美的事物愈应该拒绝衰败，也就是以暴力的方式在极美中予以毁灭，留下只有美而没有衰败的印象。"菊"与"刀"在这个文化中不是两个极端，而是统合的一套象征。以当时的条件，本尼迪克特能够洞视这点，真是惊人的成就。

同等惊人，甚至更惊人的，是这样一本书在战后被翻译成日文在日本出版，竟然成了畅销书。显然日本人也对自身的文化与处境感到强烈好奇、困惑，不得不在荒败的情况下展开灵魂探寻。

日本的"转型"

探寻灵魂的一条路,是找回"武士道"。美国人将武士道视为日本军国主义的直接源头,在占领期间严格禁止任何可能刺激武士道复兴的行为,甚至书本或电影中出现富士山都以此理由而在管制之列。然而美军占领一结束,日本文坛立即从重新流行《宫本武藏》引发了"剑侠小说"的热潮,那其实就是重新认知武士道,重新定义武士道和日本人、日本社会间的关系。

大约同时期,还出现了松本清张的社会派推理小说。这批通俗大众文学的根本意义是整理因战争、战败而混乱成一团的"转型正义"。日本的历史"转型"如此激烈,战败的同时,原先战争中的掌权者立即成了被审判的战犯,权力最大的东条英机等人得到的惩罚也就最严厉。照道理说,曾经在军国主义之下吃香喝辣的人,现在都应该相应沦落到社会底层了吧?但也不尽然,也有像岸信介那样的人,和美国占领军形成了密切政治关系。

在这样的时代,还有"正义"吗?人们该如何认知"正义",从而形成集体的正义感?松本清张写的小说很好看,却绝对不是为娱乐读者而写的,他不是要玩推理的思考游戏,而是借由犯罪行为与犯罪动机严肃地探索一个社会应有的正义观。

在剑侠小说、社会推理派同时期的纯文学领域,出现了

"战后派"。"战后派"不是单纯以时间、时代来划分的,并不是所有在战后出现的文学作家作品都属于"战后派"。"战后派"的特色是作者有意识地追求写出战前不会有的、战争环境中不容许出现的形式与题材,刻意凸显和之前文学风格的区隔。

三岛由纪夫将川端康成视为文学上的老师,两个人都是二十世纪重要的日本作家,而且两个人的创作生涯在时间上重叠,然而从文学史上看,两个人却被战争分隔开来,分属于不同的时代。

川端康成有许多重要作品是在战后才完成的,但他不是"战后派"。他的文学风格保留了大正时期的印记,将那个时代的浪漫、唯美以及对于人情的细腻分析在作品中延续下来。三岛由纪夫作为文学少年,曾经在战争时期写过复古唯美的小说,然而到了战后,他必须彻底抛弃那样的写作,转而面对战败的新局面,必须处理战争带来的强烈挫折与罪过。

"战后派"的写作潮

"战后派"的一种写作潮流,是在相当程度上复活了"私小说"的传统。"私小说"一度是日本近代文学的主流,凝视、揭露自我内在黑暗、不堪的部分,相信一个人是由外在社会规范所不容的黑暗、不堪欲望与行为来决定的。符合社会规范的部分，大家都一样，是集体性的，只有在违反集体性规矩的地方，才有真的"私"，私我、真我。

如此自曝性的写法，成为军国主义的眼中钉，尤其在战争中遭到强烈禁抑。军国主义加民族主义要求每个人都当规矩的好"国民"，彻底符合"国民性"，当然不能有什么颓废的乱七八糟的隐秘思想与行为。

然而战败牵涉挫败与罪恶感，"私小说"的精神此刻可以用来从日本人可能的劣根性探索战争的根源。像坂口安吾的《堕落论》或金子光晴的《绝望的精神史》具有高度的代表性。他们的看法相当程度上呼应了本尼迪克特在《菊与刀》中对于日本"耻文化"的描述。与之相对的是西方基督教传统的"罪文化"，以上帝为无所不知的终极裁判，因为任何罪都逃不过上帝的知觉与记录，所以会随时焦虑地意识到自己的"罪"；日本人心灵中没有这种紧张，他们在意的是违背众人认定的是非观念之举被发现，会受到当众批判所带来的耻辱。如果没有被发现，他们不会认为欲望或行为本身是错误的、邪恶的。

坂口安吾认为日本所需要的，是真正、彻底的"堕落"，堕落到无法自圆其说、无法为自己辩解的最底层，日本人才有可能从肤浅的"耻文化"沉降出现"罪文化"，才能摆脱酿成战争的文化动因。金子光晴则认为战后的社会景况显现的非但不是反省，反而是从"耻"恶化为"无耻"，所以他要溯源从明治维新去追究使得日本人精神破产的绝望历程。

三岛由纪夫作为"战后派"的作家,同样强烈反对日本的"耻文化",要以他的小说去探索比羞耻更深刻、更绝对的人心层次。三岛由纪夫的小说中充满了"恶德",指的是被社会当作羞耻的事,但其内在其实具备深刻的意义,甚至带有强大的生命力量。

三岛由纪夫参与了"战后派"的共同努力——探索恶的深度,要摆脱日本人连恶都缺乏深度因而被空洞得近乎愚蠢的军国主义席卷的悲惨过去。

三岛由纪夫是第一个作品被大量译介到西方的日本作家,更具突破性的是,他的西方读者不限于学院里的文学或东方文化研究者,而能够取得大众读者的认同。

除了主要小说作品都被翻译成英文,最受欢迎的《金阁寺》甚至在欧洲的主要语言中都有译本之外,他的几部小说改编的电影还在西方上映,《金阁寺》《潮骚》《禁色》《午后曳航》都受到重视。

三岛由纪夫为什么能吸引西方读者、观众?虽然川端康成得到了诺贝尔文学奖,但那一代的西方读者和知识界最熟悉的日本作家,不会是名字很长很难记的川端康成(Kawabata Yasunari),而是名字朗朗上口的三岛由纪夫(Mishima Yukio,或更简单的 Mishima)。即使这么多年后,在华文语境中理解三岛由纪夫,我们还是应该将这个现象当作背景存留在心中,这会对我们的阅读理解，发挥很大的指引作用。

三岛的作家之路

三岛由纪夫文学生涯的重要转折点，是一九四六年，那年他二十一岁，大胆地带着自己创作的一篇小说《烟草》，去拜访重要的文坛大家——川端康成。川端康成将这篇小说推荐刊登在《人间》杂志上，那成了三岛由纪夫在文坛崭露头角的关键。再过三年，他出版了第一部长篇小说《假面的告白》，正式跃升为日本文学界的一颗闪亮新星。

从一九四六年到一九七〇年自杀身亡，他有二十多年的创作时间，比夏目漱石或芥川龙之介更长些，然而仔细查看三岛由纪夫的作品年表，我们却不得不同样惊讶于其创造力的爆发，在二十多年间写了这么多、这么多样的作品。

夏目漱石创作小说的时间，前后只有十多年，以平均每年超过一部长篇小说的惊人速度进行，不过那相当程度上反映了他前面"厚积"的准备。夏目漱石先到英国留学，回日本后当文学教授、写文学研究与文学评论，很晚才开始小说创作，动笔写《我是猫》时他已经累积了非常丰富的人生经验，得以不断从自我内在蓄藏中源源挖掘，成就了他的创作山头。

三岛由纪夫却不是如此。他出版第一部长篇小说时，才不过二十四岁。《假面的告白》如同许多人的"少作",带有浓厚的自传性,明显取材于自己的成长经验。许多以这种方式起步的作家很快就枯竭了生活题材,无以为继;三岛由纪夫却不只在小说创作上保持勇猛精进,而且不断突破自我,写出了风格多变又有高完成度的作品。

这么多年后回头整理,很确定的是,三岛由纪夫是日本现代文学史上留下最多公认经典作品的作家,在这方面他的成就甚至高过了获得诺贝尔文学奖肯定的川端康成。

《假面的告白》是无可动摇的经典,中期的杰作《禁色》《潮骚》《忧国》是经典,他的两部大长篇《镜子之家》和《丰饶之海》是经典,更不用说名气最大,最多人知道、读过的《金阁寺》,当然也是经典。

公认的代表作

如果要选一本书代表三岛由纪夫,或说如果想读三岛由纪夫时间却只够从他的庞大作品中选择一部,该选、会选哪一部?

很明显地,对大多数人来说,那部至高的代表作是《金阁寺》。许多人知道三岛由纪夫、接触他的文学,都是通过《金阁寺》。尤其是去京都旅行,必定要到原名"鹿苑寺"的观光景点去见识"金阁"灿亮辉煌的姿影,那就更有动机要读小说《金阁寺》了。倒过来,也因为有三岛由纪夫小说《金阁寺》的精彩内容,这座寺庙及其庭院如此出名,吸引了更多人,将之视为一生必定要到访的梦幻景点。

《金阁寺》之流行,可以由我自己的书架上竟有三本《金阁寺》中译本清楚见证。其中两本的封面,用的都是金阁的照片,新版还特别将金阁屋顶上的金铜凤凰剪影特写强调出来。书里,三岛由纪夫是这样形容的:

> ……屋顶上那长久岁月里受风雨吹打的金铜凤凰。这神秘的金色鸟,既不司晨,也不振翅,无疑地连自己是鸟都忘却。但是以为它不会飞是错的。其他鸟儿飞在空间,而这金凤凰却展着辉耀的双翼,永远地在时间之中飞行。时间打在它的羽翼上,打着羽翼,流向后方。为了飞,凤凰只要以不动的姿势,怒目、高举双翼、翻展尾羽,把坚硬的双脚,紧紧地踏住便够了。[1]

然而,这是主角沟口还未见到金阁之前,以心灵之眼想象看到的,时间之流中的金铜凤凰,而不是现实里的。真正去到京都、去到金阁寺时,他的感觉改变了:

---

[1] 本书三岛由纪夫作品的引文,均为作者杨照本人选摘、翻译。

那不过是古老苍黑的小建筑物而已。顶上的凤凰像乌鸦。谈不上什么美不美，甚至给人一种不调和、不安定的感受。所谓美这东西，竟然这样的不美吗？我想。

的确，不管如何努力取景，或许正是因为太努力取景了，照片里的金铜凤凰看起来就像一只僵木的乌鸦。

还好，少年时我没看过这样的照片。旧版的书封是用毛笔勾勒写意线条的金阁形象。阁顶小小一点笔触，甚至没有试图要去模拟凤凰的外形。那是金阁，又不是金阁，某种金阁的隐约暧昧体现，正符合三岛由纪夫笔下缠扰、折磨沟口的那个金阁。

《金阁寺》之美

一九五〇年，京都鹿苑寺的金阁被一名年轻的僧侣放火烧毁了，被捕审讯时他回答："我对金阁之美极为嫉妒，所以把它烧了。"这是小说《金阁寺》的缘起。不过使得《金阁寺》成为感人名著的，是三岛由纪夫将对于现实金阁的嫉妒，转写成了更幽微、更细腻、更不可捉摸的某种"美的困扰"。严重口吃的沟口强烈知觉自身的缺陷，知觉他和"美"之间的隔绝，因此而对"美"产生了更加无可抑遏的渴求，"美"以拒绝他的姿态存在着,甚至因为拒绝他而显得更美、更难以回避。

沟口最早暗恋的美丽姑娘有为子,生命最终留下的影像是:

> 我从来没看过如许充满拒绝的脸色……有为子的脸……拒绝了世界。月光毫不留情地流泻在她的额头、眼睛、鼻梁与脸颊上,但不动的脸只被月光洗着。只要她稍微动动眼,或动动嘴,那么被她拒绝的世界,就会以此为信号,从那儿滚进来的吧……那是使历史在那儿中断,向未来、向过去,都无任何一言的脸。那种不可思议的脸,我们有时会在刚被锯断的树桩上看到。纵使颜色新鲜而滋润,但成长已中断,沐浴的风与日光,突然被曝于本来不属于自己的世界的横断面上,美丽的年轮描出来的不可思议的脸。只是为了拒绝,而被抛露在这世界里的脸……

彻底的、绝对的拒绝之美,要如何拥有?金阁之美,对沟口来说,不是来自现实的建筑,而是作为这种"拒绝之美"的代表,构成了与沟口之间的对决关系,一种缠卷厮磨、没有出路的关系。

那美,以金阁作为实体代表,拉扯着沟口,甚至让他无法堕落,无法放纵地进入一个残缺的、庸俗的、不美的世界里。随时背负着金阁之美,沟口的生命无法"正常",倒过来,也就让沟口将自我生命中种种的"不正常"、种种的败坏挫折,都倾倒在那恒常魇压他的金阁上。正因为金阁是"美",不是丑、不是罪恶、不是邪魔,所以无法被推开,无法被打败,甚至无法被忽视。

有一次,似乎只有一次,沟口几乎找到了超脱金阁之魅的方法。那是他学会如何吹起柏木送他的洞箫,他被音乐包围了。

> 音乐有如梦。同时,亦如与梦相反的更高一层的觉醒。……音乐具有使这两种相反的东西逆转的力量。因而在自己吹奏的《御所车》的曲调里,我时而容易地化身了。我的精神知道了化身于音乐的乐趣。……每次吹过洞箫,我就这么想的,金阁为什么不责骂、不打搅我的这种化身,而保持缄默呢?当我要化身于人生的幸福或快乐时,金阁曾经放过我一次吗?迅速地遮断我的化身把我归还于我本身,这不是金阁的作风吗?为什么只有音乐,金阁允许我酩酊和忘我?

少年的我将这段话画上了粗黑的铅笔线,那线条极不整齐,应该是反映了当时心情的激动吧!究竟音乐之美和视觉之美,有什么本质上的差异,或是壁垒呢?那正是拉了六年小提琴之后拒绝了音乐的我,真切困惑着的问题啊!

"美"的魔咒

我不记得这是多大年纪时、第几次重读《金阁寺》时摸索找到的答案：音乐是时间的、短暂的、不会存留的，用三岛由纪夫的话说："美之无益，美之通过体内而不留痕迹，它之绝对不能改变任何事物……"这是音乐，仅仅存在于那单一瞬间的绝对"一次性"，随时间之流漂浮隐没，不像金铜凤凰顽强、固执地抵抗时间。

应该就是在与音乐的对比中，沟口找到了金阁的破绽。金阁，包括站立在屋顶上的金铜凤凰，其永恒性、其睥睨时间的特性，事实上不过是装模作样。金阁不是真正不受时间影响的，在金阁高傲的姿态底下，藏着脆弱的"一次性"、毁灭的可能。将金阁的这种"一次性"挖掘暴露出来，对决或许就可以终结了吧！

这才是沟口决定烧毁金阁的真实动机，不只是"嫉妒"。"每一座寺，有一天必然烧毁。火既丰富又放肆。只消等着，乘隙而来的火必然烽起，火与火相携手，把该完成的完成了。……火是自然而起，灭亡与否定是常态，被建造的伽蓝必然被烧毁，佛教的原理与法则严密地支配着地面。"

"美"也不能假装其永恒性，对照出其他事物的卑微短暂。用火将"美"还原至原理与法则的领域里，或许"美"的魔咒就可以解开了吧！

沟口烧掉了现实的金阁。"勿受物拘,洒脱自在。"可是真正拘执他的,不是、不只是现实的金阁,而是"美"的魅惑。"美"只是任意、任性地依附在金阁上,为金阁所代表。暴露出金阁的"一次性",难道就有办法同时摧毁金阁所代表的美?

烧掉金阁,在小说中有其必要性与必然性。在那样的心绪与思辨中,沟口不能不将金阁烧掉。不过烧掉金阁不会带来真正的"洒脱自在",我们知道,沟口也知道。没有了金阁,离开了金阁的"美"的魅惑,终究还是会依托到其他事物上,阴魂不散。

换句话说,烧掉金阁顶多只能带来短暂的喘息,不会终结沟口与"美"之间充满张力的对抗。小说的最后一段:

> 搜寻了口袋,掏出小刀与包在手帕里的安眠药瓶。瞄准谷底,把它投掷出去。在另一个口袋里摸着了香烟。我抽了香烟。像做完工作而休息片刻的人所常想的,活下去吧,我想。

年少时,我掩卷疑惑,不了解沟口放弃自杀决定"活下去吧"的理由何在。活下去,不就迟早得再跟"美的无明"继续对抗拉锯下去吗?这么多年后,进入中年,过了三岛由纪夫写《金阁寺》的年纪,甚至过了三岛由纪夫切腹自杀的年纪,我想我明白了:活下去,继续对抗拉锯,至少保留了一点"洒脱自在"的可能;不活下去,那就彻底输了,被无明永远拘束住了。

第二章

用生命创作的
《丰饶之海》四部曲

如果一生只读一本三岛由纪夫

在《金阁寺》中，三岛由纪夫将一个新闻事件改写成深刻的心理小说。小说中的主角沟口因为先天口吃，无法自在地以语言和外在世界沟通，产生了和周遭环境间的一种疏离感。而且他一直自觉残缺，却以如此高度残缺的心灵遭遇了金阁的造型与影像，那象征、代表着完美，对他这样一个残缺者产生了无可言喻的压迫，以至于他和金阁之间有了奇特的拟人化敌对关系。

三岛由纪夫在这本小说中娴熟地运用了现代的心理语汇去表彰日本的美学观念，借由沟口和金阁的对抗，一层一层地将日本美学的独特文化背景揭露出来，达到了其他文学作品难以触及的心灵深度。

不过回到前面的那个问题，如果一辈子只读一本三岛由纪夫的话，那么我选择的不会是《金阁寺》，对我来说，必然、只能是《丰饶之海》。

《丰饶之海》不只是三岛由纪夫一生创作过的最为庞大的小说，共分成《春雪》《奔马》《晓寺》《天人五衰》四部，而且还是他生命中最后一部作品，以极度戏剧性的方式和他的生命终结紧密地绑在一起。

一九七〇年十一月二十五日，三岛由纪夫将《丰饶之海》

第四部《天人五衰》最终章的稿件誊写好，让新潮社派人来将全书完稿取走，随后就在中午偕同"盾会"成员前往东京市谷陆上自卫队东部方面总监部，发动了他切腹自杀的惊人之举。

他预先约好了去拜访市谷陆上自卫队的总监益田，却带着"盾会"的另外四名成员，携带长短刀进入总监室，随即以武力挟持了益田，以益田的性命为要挟，要求自卫队员集合聆听自己的训话。训话的重点是要自卫队员拒绝接受禁止日本武装的宪法，并且维护日本的天皇体制。

这样的场景，三岛由纪夫已经准备了很久，在小说《忧国》中他就写过类似的情节。不过小说或想象，毕竟和现实有相当差距。在现实中，这些自卫队员并未被他的慷慨陈词感动，他们甚至没有耐心肃静地听完三岛由纪夫说话，半途就鼓噪，还有人訾骂三岛由纪夫，叫他住嘴下台。加上警察局和媒体派来的直升机在广场上空盘旋，巨大的声响使得没有用麦克风的三岛由纪夫根本无法将声音传远，许多自卫队员始终听不见他所说的话。

在混乱近乎狼狈的情况下，三岛由纪夫退回室内，依照计划脱衣切腹，并由森田必胜为他砍头，继而又轮到森田必胜切腹自杀，接连血淋淋地死了两个人。

从《丰饶之海》解谜自杀动机

这件事当然震撼了全日本，甚至成为国际新闻。如此疯狂、不可思议的举动，出自一位最知名的作家，除了在日本文坛上享有最高地位，还是作品外译赢得了最多国际读者的作家。而且他那年才四十五岁，人生与创作生涯明显仍然大有可为。

虽然自杀身亡，但三岛由纪夫绝对不是一位厌世者，最明确的证据是他一直持续努力写作不懈，直到血腥行动的那天早上。厌世者不可能以如此冷静、有条理的方式，按照自己的计划，花上五年的时间，去写完这部篇幅庞大、结构复杂的作品，而且一直到最后一部《天人五衰》的结尾，小说内容都没有呈现出任何一点失序混乱。

最后的小说成品，和他将小说写好之后，闯入自卫队终结生命的疯狂行径，形成了太奇怪的强烈对比，不像是同一人可能做出来的。能够如此坚持文字与情节收束美感秩序的作家，不可能有那种狂暴的情绪大闹自卫队；如此冲动嗜血的情绪下，又怎么可能有耐心、有本事总结千头万绪、几世轮回的"四部曲"小说？

但无可否认的事实摆在眼前，不可能的两极性质硬是统合在三岛由纪夫身上，他的生与死形成了巨大的谜。

而《丰饶之海》的完成，在时间上和三岛由纪夫之死如此接近，也就很自然地让人倾向于到这部小说中去寻找解释他神秘死亡动机的线索,将《丰饶之海》视为一部"解谜之书"。

但用这种"解谜"的态度来读《丰饶之海》,我们会惊讶地发现,这部书中所能提供的线索竟然如此稀少且薄弱,甚至在许多地方出现了令人困惑的冲突矛盾。

从三岛由纪夫之死去看《丰饶之海》,最引人注意的,显然是其中的第二部《奔马》。在《奔马》中,不只有以阿勋切腹自杀结尾的情节,而且小说背景被拉到了战前的二十世纪三十年代,追索了当时热切渴望还原"纯粹日本"之美的一群年轻人的活动,以及他们对于时局的看法,对于死亡——尤其是切腹自杀——一种近乎疯狂的终极向往。

小说《奔马》中有一份关键文件,是主角阿勋耽读的《神风连史话》。受到《神风连史话》感染,少年剑道高手阿勋走上了以暗杀、死亡来效忠天皇的不归路。事实上,这部小说第九章的整章篇幅,都被三岛由纪夫用来登载这本虚构的《神风连史话》,明显可见他要借此再造的明治时期文本来完整陈述切腹自杀一事意义的企图。

"神风连"举事,如同儿戏,而且注定失败。他们坚持只用传统武士刀,绝对不让西方现代武器渎染他们的纯粹精神;能够号召到的成员只有不到两百,面对的敌人兵力超过两千。更糟的是,他们甚至没有得到自己笃信的神意认可,几次寻求"宇气比"(うけい或うけひ),都未获有正面肯定答复。起事其实是在明治九年"废刀令"的颁布下不得不勉强发动的,因为一旦"废刀令"确切执行,不只是他们心中的大和精神代表会被剥夺,未来要武装起事更不可能有任何机会。

所以《神风连史话》真正的焦点,与其说在于起义举事,不如说是酝酿起义败亡的反应。起义混战一夜,其实并未对当时强烈西化的明治日本社会有任何冲击,所以书中也无从赞颂这些烈士的历史功绩,反而是长篇累牍地记载事败之后,他们如何一个个选择了切腹或刺喉自杀的命运。

换句话说,起义相形之下根本不重要,只是个序曲,甚至只是个借口——引发自杀悲壮美感的借口。

饭沼勋与《神风连史话》

我们在此似乎看到了小说与现实联结的灵光乍现。我们想起了一九七〇年十一月二十五日当天,"盾会"进入自卫队挟持长官、要求自卫队员集合聆训的过程,同样也像是一场必败的闹剧。三岛由纪夫匆匆结束演说,退回室内切腹,过程的混乱、狼狈,一如《神风连史话》里所描述的起义经过,其无意义、无结果亦如神风连的行事。

将《奔马》读成三岛由纪夫的切腹预备告白,我们似乎可以如此解释:三岛由纪夫就像小说中的饭沼勋一样,抱持着一种所谓至高至极的神圣天皇信念。天皇的存在保证了一切世俗之上，一种超越价值的存在。从"神风连"到小说中的饭沼勋再到三岛由纪夫本人，都相信这种超越价值的必然与必要，也都忧心悲恸于这种价值的沦陷与贬抑。他们都觉得必须采取行动来挽救被异质与世俗侵扰的天皇价值，然而不管采取什么样的行动，行动本身却也是对于"绝对"的僭越，也是在"绝对"面前的冒犯，所以行动结束之后，行动者必须诉诸切腹以自惩，来维护自己心目中此一所谓绝对价值的绝对超然性。

这套论理，落在天皇已经沦夷的现实中，实际上变成了借着切腹的非常之举，以切腹的决然意志、牺牲与悲壮之美，来唤醒被遗忘的所谓天皇价值，来抬高被拉低下降的天皇地位。

《奔马》似乎指点了我们：尽管有那么多表面的声音与情绪，真正核心的动作是切腹，而真正核心的关怀，不在天皇，而在超越神圣性的价值。三岛由纪夫要护卫的，似乎是一种不被世俗意念与动作牵绊影响，高于一切却又笼罩一切的价值，只有这个价值的存在，才能保障人在世俗功利之外，去追求、去肯证美的必要，才能保留美的思量不被排除、不被牺牲。

然而以"解谜"的方式读《丰饶之海》，却会遇到至少两个严重的问题。第一是：《奔马》并不是以饭沼勋的观点书写的。《奔马》的主调甚至不是完全同情、认可阿勋的。《奔马》被包裹在《丰饶之海》似真似假的"四世轮回"故事架构里，无可避免地必须通过高度理性的法官本多繁邦的旁观视角来观察叙述，而本多虽然对轮回的可能性大感眩惑，却始终以理性秩序之光照彻了阿勋思想中许多幼稚、荒诞的部分。

小说中,本多读完阿勋借给他的《神风连史话》之后,立刻写了一封长信给阿勋,信中有这么几句关键的话:

> 《神风连史话》是一个已经结束的悲剧,也是个近乎艺术作品的完整政治事件,更是个出自人类天真意念的宝贵实验,但美如梦境的故事断不可与今日现实错乱混淆。
> 故事的危险性在于抹杀了矛盾……这本书只顾执守事件核心的纯真,却牺牲了外在脉络,更忽略了世界史的关照,也未曾探索被"神风连"视为敌人的明治政府的历史必然性……当时的日本,无论何等不切实际或激进的思想,竟都有一丝实现的可能,即使是彼此相反对立的政治思想,都同样发自于朴实与纯真,这种背景截然异于目前政治体制坚固的时代……

如果三岛由纪夫真的认同、认可饭沼勋,那本多繁邦这番真诚恳切的话语,从何而来?小说后来还出现了鬼头槙子为爱而做伪证,想替阿勋脱罪的情节,在槙子的伪证下,阿勋必须,也的确否认了自己的纯真意志。这一段写来,我们也读不出三岛由纪夫有任何反讽或谴责的意味。

更严重的第二个问题是:《奔马》并不是三岛由纪夫赴死前的最后作品。《奔马》完成于一九六八年中,离三岛由纪夫自杀还有两年多。这两年多的时间里，他一面积极参加"盾会"的活动，一面快速、热切地书写《丰饶之海》的第三、第四部。如果切腹已经是三岛由纪夫的中心信仰的话，为什么《晓寺》与《天人五衰》中，完全不见这个主题的延续，反而一转转向了深秘却又宏阔的佛教唯识哲学，以及带着虚无意味的真伪轮回思辨呢？

《丰饶之海》的前导之作——《镜子之家》

三岛由纪夫早就立定了要以《丰饶之海》为其一生当中无可超越终极之作的志向。完成《丰饶之海》立即踏上自杀之路，意味着三岛由纪夫认定他已经写完了能够给予这个世界的最美好、最重要的作品。他表现的姿态是：完成了终极之作后，他甚至不愿意等待小说出版问世，看看读者与评论家有什么样的反应。对他来说，写完就是写完了，他自己决定了创作生涯到此甘心地彻底结束。

三岛由纪夫切腹自杀前最后一项工作，是策划了在东京池袋东武百货的展览，展期是一九七〇年十一月十二日到十七日，那是少见的"作家回顾展"。三岛由纪夫在展览手册上自述："我唯一的提案便是将我充满矛盾的四十五年划分成由'写作''舞台''肉体''行动'所构成的四条河流，汇聚而成《丰饶之海》。"《丰饶之海》成为他一生的终极象征,每一个面向的生命历程,都像是为了完成这部《丰饶之海》而做的准备。

在动笔写《丰饶之海》前,三岛由纪夫写过的企图心最大的作品,是《镜子之家》。《镜子之家》和《丰饶之海》有着密切的联结。虽然没有表面上的"四部曲"形式,《镜子之家》却刻意动用、安排了四个主角,四线进行小说的复杂叙事,而这四个人分别代表"感受性""行动""自我意识""世俗社会",几乎可以确切地对应展览说明中的"肉体""行动""写作""舞台"四项分类。从这个角度看,说《镜子之家》是小型的、前导的《丰饶之海》应不为过。

然而这样一部三岛由纪夫投入心血、视为自身代表作的重量级作品,出版后却遭到日本文坛与社会冷漠应对。他在《镜子之家》的写作上付出了极大的心力,自认写出了一部最好的小说,却没有得到读者和评论者的认同,落得既不叫好也不叫座的境地。

甚至有一种幸灾乐祸的意见流传着:一直在日本文坛浪尖上,写出了包括《假面的告白》《爱的饥渴》《禁色》《潮骚》《金阁寺》等精彩小说的三岛由纪夫,也有江郎才尽的一天,《镜子之家》证明他已经没有新把戏可以持续震撼人心了。

这当然让习惯作为文坛骄子的三岛由纪夫很气愤。在《镜子之家》出版前,他基本上一帆风顺,几乎每一部小说都被翻译成英文在西方出版，最受瞩目的《金阁寺》甚至在他生前就被翻译成十三种不同文字，堂皇登上世界文学的圣殿，在日本找不到第二个得到这种特殊重视的小说家；不料竟然因《镜子之家》惨遭滑铁卢，而且从此几年内，他的作品销量明显下滑。原先在五十年代，部分书籍可以卖到二十万册，进入六十年代，他的书竟然有些只卖了两三万本。他在西方声望节节上升、如日中天时，相对地在日本却有了一些在海外完全没有知名度的新晋作家比他畅销得多的现象，带给三岛由纪夫极度强烈的低潮危机感。

接连的挫折

虽然三岛由纪夫才三十五岁，但《镜子之家》的挫败，给他带来了"中年危机"。他因而一度将注意力从文学创作上移开，去参与拍摄电影《风野郎》，饰演一个落魄的黑道分子。但这项尝试同样是既不叫好也不叫座，《风野郎》是一部粗糙随便的低成本二流电影，不可能因为三岛由纪夫参与演出就改变其廉价性质，他的加入甚至连提升票房的作用都不大。

这段时间中，三岛由纪夫又积极观察、评论日本政坛与社会的"安保斗争"，逐渐形成了愈来愈明确的右翼政治立场。他曾经以"勇士之姿"单枪匹马前往东京大学接受左翼学生的论辩挑战，也曾经写下极度尖锐的政论文字，还写了以"二二六事件"为背景的小说《忧国》。

不过这部分的活动又带来另外一项他没有预期的挫折。三岛由纪夫将对于日本政坛的观察，写成连载小说《宴后》，却在一九六一年初，遭到前外相有田八郎以"侵犯隐私"为由提告，卷入了官司。《宴后》的确是以有田八郎和东京知名料亭"般若苑"女主人之间的关系为蓝本的，以至于官司最后以三岛由纪夫败诉收场。

到一九六二年，三十七岁的三岛由纪夫公开表示："就在两三年内，我将为余生做好打算。"但他的接连挫折还没到尽头，对于原本在"余生打算"中应该会占相当重要地位的戏剧活动，在次年，一九六三年，又发生了三岛由纪夫和合作了十多年的"文学座"剧团公开反目的事，他写了文章激烈批判剧团成员伪善，不只是不欢而散，而且逼得三岛由纪夫和戏剧圈疏离。

一九六五年，还在尝试着"余生打算"的三岛由纪夫获知自己第一次得到了诺贝尔文学奖提名，这刺激他认真思考回归小说创作，决定开笔写"四部曲"结构的超长篇小说。他没有忘掉、放掉这几年在日本似乎失去目标的游魂徘徊经历，逼着他认定：下一部作品，必须是反攻、复仇的武器，他不只对《丰饶之海》这部小说有很高的期待，而且决心将生命全力，没有任何保留地奉献给这样一部终极之作。

从《镜子之家》，延续至《丰饶之海》的第一部到第三部《春雪》《奔马》《晓寺》，三岛由纪夫仍然没有得到文坛太多的掌声。然而他此时壮烈地显现了另一种心境：作为小说家，他已经给出了所有能给的，因而得以坦然离开这个世界。

死亡该由谁来决定？

从起心动念写《丰饶之海》，到五年之后这部"终极之作"完成，中间又发生了一件三岛由纪夫绝对意想不到的事，那就是一九六八年的诺贝尔文学奖颁给了川端康成。关于这件事的来龙去脉，请大家参看《银河坠入身体：川端康成》一书中仔细的介绍、讨论。

因为和西方文坛的密切来往，加上必然关切每届诺贝尔文学奖得主消息，三岛由纪夫成为最早得知新闻，并且最早向川端康成恭贺的人之一。收到三岛由纪夫的道贺时，川端康成回应说："我是替你去领这个奖的。"

这句话的内中深意是，连川端康成自己都认为三岛由纪夫应该是第一个获颁诺贝尔文学奖的日本作家。大家都是这样预期的，没有想到诺贝尔奖竟然选择了川端康成。

心情最复杂的，当然是三岛由纪夫。川端康成是他最敬重的"老师"，最早提携他进入日本现代文坛，最早为他的少作《盗贼》写"解说",又是他三十三岁结婚时的证婚人。无论对川端康成还是其他人,他都必须尽力表现出衷心的高兴与祝福;但另一方面,他怎么可能不了解,川端康成得奖,同时意味着自己应该就和诺贝尔文学奖彻底无缘了?不只是不可能享有"日本第一位获颁诺贝尔文学奖作家"的历史地位,而且在将近七十年的时间里才出现一位日本人得奖,那么显然在三岛由纪夫有生之年,不太可能会再出现一个日本诺贝尔文学奖得主了。依照当时的情势,他不可能预见到二十多年后,一九九四年大江健三郎会成为第二位日本的诺贝尔文学奖得主。

换句话说,他必须断了这个念头,死了关于得奖的心,还必须将人人都可以猜到的高度失望藏起来,和日本文坛一起高声庆祝川端康成的荣耀,比任何人都表现得更主动、更积极。

在川端康成的诺贝尔奖旋风中,三岛由纪夫尚未完成的四部曲,真的很难抢到媒体和读者的关切,尤其是刚好在浪头上连载的第三部《晓寺》,几乎是无声问世,这让三岛由纪夫更坚定了写完《丰饶之海》,不需要再等出版后得到什么反应的决心。

三岛由纪夫以最具戏剧性的方式自杀,其骚动一直延续到第二年一月他的正式葬礼,那是在筑地举行的公开仪式,有超过一万人前往参加。从自杀事件发生到轰动社会的葬礼,在这过程中,最常暴露在媒体前的是担任了治丧委员会主任委员的川端康成。他无从推辞这个角色,不管在内心必须承担多大的压力。他一定知道:多少人在谈论三岛由纪夫之死时,会窃窃私语将矛头指向他,说:"这位老师也在背后推了他一把啊!"大家都认定,川端康成获得诺贝尔文学奖促使三岛由纪夫坚定了用这种炫目方式自杀的选择。

川端康成获得诺贝尔文学奖间接地害三岛由纪夫自杀,三岛由纪夫之死又反过来给了川端康成巨大的心理压力,葬礼之后十五个月,疲惫不堪的川端康成也自杀了。

日本文学史上自杀的作家名单列出来很长,光是在三岛由纪夫之前,从一九〇〇年到一九六〇年,就有:川上眉山、有岛武郎、芥川龙之介、牧野信一、太宰治、原民喜、加藤道夫、久保荣等。

为什么那么多日本作家自杀?这个问题应该换一种不同的方式来探讨,那就是思考日本近代文学艺术追求与如何结束自我生命这两件事间的关系。关键在于:一个人的死亡应该由自己还是由外力来决定?

在日本文化,尤其是文学与戏剧的传统中,一直有着这样一个独特的存在课题,将人如何死去,视为其与自我意识、自我意志的恒常纠结。和中国社会传统中重视"寿终正寝"完全不一样,对日本人来说,那种人生结局怎么会是理所当然的呢?"寿终正寝"表示一个人是纯粹在外力下被决定了死亡,死亡与个人意志没有关系。我们人活着就是通过自我意志做各种决定，那是作为人存在的最主要的状态，那为什么对于结束生命这件事，我们却愿意放任，完全由外力决定，彻底放弃自我意志作用呢？

所以在日本文化中有一种不同的主张，认为决定自己如何死，是人的重要权利，从而以对待死亡的态度将人分成两种：一种是放弃这种自我权利的人，也就是没有强烈自我意志的世人、俗人；另一种是倒过来愿意，甚至必须积极伸张这种权利的人。

这是日本根深蒂固的一种存在探索，一种很不一样的生死态度。

《丰饶之海》的创作起点

在日文原版文库本的"解说"中，佐伯彰一曾经提过一个重要的看法，认为《丰饶之海》是一部企图与近代小说的大前提及基本常识正面对抗的作品，也可以说是三岛式的雄壮"反小说"尝试。

而据村松刚的回忆，《丰饶之海》写作念头的起点，应该是昭和三十八年（一九六三年）的秋天，三岛由纪夫自述："我正计划明年写一部长篇小说，可是，没有形成时代核心的哲学，如何写一部长篇呢？我为此遍索枯肠，尽管现成的题材多得不胜枚举。"

村松刚是一位有右翼倾向的亲法派,二十世纪六十年代后期和三岛由纪夫很亲近,因而大家通常就依照他的说法,将《丰饶之海》的创作起点,设定在一九六三年。然而如果考虑佐伯彰一所说的"反小说"意念的话,那么三岛由纪夫在心中有了这个想法的时间,必须大幅往前推,推到他二十五岁那一年。

三岛由纪夫在一九五〇年、二十五岁时写下的笔记中,就有了要写一部超长小说的念头。而"超长"这个篇幅概念,是为了要思考、探索,乃至于挑战小说的基本形式要件。并不是因为想了什么样的内容必须用超长的篇幅才放得进去、写得完,而是倒过来想:小说有必然的长度限制吗?有小说长度的必然性吗?在必然性的前提限制下,撑得起站得住的最长的小说,可以写多长?应该写多长?

三岛由纪夫从西方小说传统中寻求前例,发现最长的小说,具备必然性与说服力,而能够写得很长很长的小说,几乎都是历史性的,也就是说小说叙述的架构是延长的时间。史诗、"大河小说"借由一个英雄的一生,或英雄世家的流传组构起来,小说中的历史时间很长,因而小说也就跟着写了很长。这是西方小说长度上的基本规范。

当时二十五岁的年轻创作者,就已在野心勃勃地思考:如果要在日本用日文写一部超长小说,应该找到外于、超越于西方小说传统的不同理由，要不然就只是换用日文去模仿、跟随西方前例而已，缺乏日文、日本文化的内在必然性。他找到了一个关键的突破之处，那就是这样一部日本式的创新超长小说，一定要扬弃历史性叙述，尤其是按照一个人或一家人或一个事件建构起的编年体，流水账般顺着线性的时间写下来的方式。

不过他当时太年轻了，没有足够的积累可以继续思考，遑论实际着手创作这样一部超长篇小说。要再过十几年，他才找到了比较明确的形式，那就是依凭四部各自具备独立时间性的小说，再以非历史性、非编年体的方式将这四部小说组合起来，形成一个因果连环。

到一九六五年实际动笔时，他将这份野心更加扩大，大到刻意超越了一般作家所能够写作的可能范围。他不只要写四部独立的长篇小说，而且要给予四部小说各自不同的文字与叙述风格，配合四个不同面向的故事，让人读来觉得简直像是出自四位不同的作家之手。

要创造出四种不同文体，还要让四种文体贴合四份不同的小说叙事内容，换句话说，就是要在这过程中，将三岛由纪夫这位作家分身化为四个不同人格的作者，写出四部作品，但最终还能将四部作品有机地联合成一部超长篇小说。

风格迥异的"四部曲"

三岛由纪夫将《丰饶之海》的第一部《春雪》称为"王朝式的恋爱小说"。

"王朝式"指的是从飞鸟时代、奈良时代发展到平安时代大放异彩的文学风格,最大特色在于柔弱与纤细。三岛由纪夫要刻意模仿那样的文体来写一个凄美、浪漫的爱情故事。而这个凄美、浪漫的爱情故事发生在大正时代背景中,因为大正时代,如同我们在芥川龙之介作品中看到的,相比于后来的昭和时代,具有高度奇特的阴柔、阴郁性格。

用这种方式,《春雪》要表现出日本的传统、日本的内在。

第二部《奔马》,光是标题就刻意和《春雪》形成明显的外内、强弱对比。第一部小说有多柔弱、纤细,第二部小说就相对地有多威武、刚强。在三岛由纪夫的创作意念上,《奔马》是激越的行动小说,主题关于革命、献身,充满了热血,是彻底外放、带着高度公共性的。

《春雪》以女性的阴柔声音述说,那么《奔马》就是一份纯粹阳刚的男性书写,用这种风格来记录从大正到昭和的关键时代转折。昭和元年是一九二六年,然而谈论"昭和史",也就是明确出现异于前代的军国主义集体风气,一般将重点放在一九三一年发生的九一八事变以及一九三六年的"二二六事件",这段变化也就是小说《奔马》意图反映、彰显的。

另外，以三岛由纪夫自己的语言，《奔马》要表现的，是日本的"荒魂"。那是一种极度阳刚、带有高度暴力倾向的表现，通常和战争或灾难同时出现。它象征着愿意将自己的生命激烈一掷的态度，认定单一的信念全心予之，无从顾念生命中的其他追求。

第三部《晓寺》要写成一部充满异国情调的心灵小说。时代背景是太平洋战争，相对地，故事便在南洋暹罗的地景与风土中展开。来自高纬度的北国日本，要如何想象、接近赤道附近完全不一样的生活与文化？又要如何在军国主义野心下，将如此异质的成分纳入日本的帝国主义扩张架构？

《晓寺》游移在日本和泰国之间，一北一南，一边寒带一边热带，东北亚和东南亚，靠着佛教联系起来。心理小说的性质来自对于佛教信仰的探讨，要表现的是日本的"奇闻"。

到了第四部《天人五衰》，那是三岛由纪夫所说的"视像小说"，小说的重点既不在主角，也不在情节，而在于视像、现象，人物、情节都退到后面去了，以变化的现象来凸显时间的流逝。

相对于第二部的"荒魂"，第四部原本计划要表现的，是日本的"幸魂"。那是代表祝福与繁荣的灵魂，还带有丰收的意味。然而这样的设定，显然和最终完成的《天人五衰》有很大的差距。

创作《丰饶之海》的五年间

从一九六五年到一九七〇年，三岛由纪夫维持着惊人的创作意志力。自己将《丰饶之海》的规格拉到那么高，光是具体的字数就在百万之谱，还要实现在四部小说中运用四种不同的文字风格，而且内容上牵涉诸多必须仔细考证的历史细节，加上艰难烧脑的佛教唯识哲学思考。

要在五年间不松懈、不放弃地按照进度持续书写已经近乎难以想象了，而在这五年间，三岛由纪夫还不是将全部时间都投注在这部巨篇的写作上，他同时创作、发表了众多不同的散文、小说作品，并且将自己的小说《忧国》改编为电影，制片、导演、男主角全都一手包办，还在舞台上创作了特殊的"近代能乐剧"作品《熊野》。

最难能可贵的是，书写《丰饶之海》明显是所有活动中最费力的，后来证明了也几乎是最不讨好的工作，这样的挫折却没有阻挠三岛由纪夫持续精进完成计划。一九六八年《春雪》出版[1]，市场上反应热烈，半年内卖了将近二十万册，看起来恢复到了三岛由纪夫小说作品最受欢迎时期的水平，然而热销却诡异地并未连带激起讨论，似乎大部分读者虽然冲着作品的名气买了书，却无法轻松读完内容，更难掌握三岛由纪夫借由小说要表达什么。因此出版社乘胜追击推出的第二部《奔马》就

---

[1] 《春雪》于1967年结束连载，1968年小规模印刷发行，1969年正式出版单行本。

无法复制第一部的销售成绩了,等到一九七〇年《晓寺》问世,得来的更是市场与评论上的双重沉寂。

但三岛由纪夫坚持着。一九六九年二月时他还预计四部曲会在一九七一年底完成,结果实际上才到一九七〇年十一月,《天人五衰》竟然就脱稿了,整整提早了一年。

只能说,一来写《天人五衰》时,他进入了一种创作的白炽状态,快速跳过了许多理应会出现的障碍、瓶颈;二来他主观上急着想早些完成这部早已被决定是绝笔的终极作品。

他急什么呢?在一九六九年二月写成的文章中,三岛由纪夫说:"我害怕让这部小说结束,一来是因为它已成为我的半个人生,二来是因为我害怕这部小说的结论。"这个时候,第三部《晓寺》还在进行中,第四部的书名甚至尚未确定,但显然他已经决定了书写完的时刻也就是他自己生命的终结时刻,书的结论和他生命的结论如此紧密缠卷在一起。一方面,这部小说的创作时间拖得很长,他已经习惯了日常生活里和自己创造出来的人物、情景相处,小说写完了当然会有失落感;但另一方面分量更重的,是他确定要以小说的终结作为自己生命的终结。

事实上他的反应,不是针对这两方面的害怕而拖延迈向小说终结的脚步,反而加快了速度,比预定早了一年写完《天人五衰》。从一九六九年二月到一九七〇年十一月间,三岛由纪夫的生活与思想出现了什么样的激烈变量?这问题显然不可能在描述切腹、更早就写成出版的《奔马》中找到答案,只能借由仔细阅读、分析《天人五衰》来探索。

挑战小说的前提与常识

三岛由纪夫矢志要写一部突破自己过去成就的长篇小说，尤其是要超越自己之前努力创作却未受好评的《镜子之家》，他受着庞大的压力，外在的和内在的，社会的与创作自我的压力，必须让下一部作品能够承载、彰显"时代核心的哲学"，而他找到的一条路，似乎就是"挑战小说的前提与常识"。

这里所说的"小说"，指的是西欧近代小说。一种以个人为单位、展现为各式各样自我完成的文体形式。这个文类的核心原型，是"成长小说"（bildungsroman），追索人在时间里如何经历变化。成长小说集中记录从少年演化为成人的过程，然而由成长小说扩大，小说这个文类也娴熟地揉入了其他不同人生阶段的变化，从青年到壮年，壮年到中年，中年老化以迄死亡笼罩；从婚前到婚后，从组织外到组织内，从家庭里到逃离家庭，等等。

这个文类传统着重个人、着重时间。三岛由纪夫于是在《丰饶之海》里设计了一套二元结构，试图借对照、对比来突破西欧近代小说的既有框架。

本多繁邦在小说里不只是扮演"理性"的角色，他还担负了作为近代小说原型的"对照组"功能。四部小说缓缓展开，从明治时代一直走到第二次世界大战结束之后，本多繁邦由二十岁的青年，变成了八十岁的老人，这一部分，一阶段一阶段的人生变化，记忆与现实的缠结，生命情调或沉缓或剧烈的转折，都是符合西欧近代小说路数的。不只如此，以本多为中心的这一部分叙述，又被包裹在日本近代历史大冲击的外在社会因素里：《春雪》写了日俄战争后贵族的没落，《奔马》记载了军国主义的涌动，《晓寺》则处理日本向南洋前进的经验，《天人五衰》又将背景设在战后荒芜慌乱的条件下。这些综合集中起来，给了《丰饶之海》明确的"大河小说"（roman-fleuve）性质。

不过，以本多繁邦和日本近代历史串接的叙述之流，却在小说中不断被侵扰，甚至被取代了。侵扰、取代它的，是四个纵情燃烧、彗星般的角色。用佐伯彰一的话说："凭着浪漫的决定截断时间、超越时间——书中净是怀着这种希冀的主角，在一部接一部的作品中登场。"

一九六五年，三岛由纪夫将惊人的创作野心付诸实践，他找到了写这部小说的一项关键。这是一部解释世界的书，四部曲的每一本针对世界的一部分进行解释，而要将四部曲有效地联结起来，才能成其为那样全幅完整的世界图像。

用他自己的说法："庆幸我是个日本人，因而轮回的思想就在我的手边。"找到了轮回，感觉到自己能够掌握轮回的奥义，是刺激他开笔撰写《丰饶之海》最重要的突破。

《丰饶之海》与轮回转世

即使不是佛教徒,即使没有正式接触过佛理,大家对于轮回也都有一定的概念。"六道轮回"在我们的日常语言与生活中,告诫我们为什么要做善事、累积善业。人死了之后,会有轮回的下一波生命,而下一次的生命形式,是由之前各世累积的"业"的总和来决定的。这一世你能活得"人模人样",其实是"人身难得",要靠之前很多世累积善业才能修得这种较高等级的生命形态。人死后可不必然在轮回中复生为另外一个人,而有可能被降等沦为畜生、恶鬼;当然也有可能上升转型为阿修罗或天人。

三岛由纪夫在小说中运用的轮回观,比一般常识要深奥得多,源自佛教中的"法相宗"或"唯识宗"。法相宗在中国佛教史中有一个著名创立者,那就是西行取经的玄奘法师。他到印度取回大批佛经的贡献,再加上小说《西游记》的广泛流传,使得玄奘,也就是唐三藏,成了中国历史上最有名的和尚。不过,玄奘自身所传的佛法,却是佛教派别中最少人知,也最为难知的法相宗。

唯识论带有高度的思辨性,和仪式或信念都无关,是一套严谨、艰深的理论。三岛由纪夫特别认真学习了"唯识学"最重要的典籍《摄大乘论》,弄懂了《摄大乘论》的思想,才有了他突破西方小说规范架构的超长小说的基础。

一九六四年还出现了另外一个契机，那是三岛由纪夫的前辈、老师松尾聪注释出版了一部古老的王朝文学作品《滨松中纳言物语》，这本书中一段情节打动了三岛由纪夫。滨松中纳言和他的父亲两人都是美男子，父亲死后据传转世到中国，让儿子大感羡慕：既羡慕父亲能够转世，又羡慕父亲得以转世到中国。在这样的心情下，滨松中纳言决定到中国去寻找转世的父亲，在过程中发生了许多奇遇、艳遇，构成了"物语"的主要内容。

从《滨松中纳言物语》中三岛由纪夫得到了启发，用本多的梦在《丰饶之海》里将轮回的四个人联结起来。

三岛由纪夫写出来的，不是一个人死后转世换一个身份活下去、一共有四段的"前世今生"故事而已。小说中的"轮回"带有来自《摄大乘论》的复杂唯识学论辩，而那介于梦境与幻觉间的线索讯息，则是从古典的《滨松中纳言物语》脱化出来。三岛由纪夫有这么两本重要的参考书。

百万字海中航向生命终点

展读《丰饶之海》很容易感受到书卷庞大的分量，然而了解三岛由纪夫的创作过程后，我们应该明了，其实长度并不如原先以为的那么重要。大仲马的《基督山伯爵》或金庸的《天龙八部》都是超长小说，长度可能还超过了《丰饶之海》。然而一般我们能读到的超长小说，都在绵延的长度中稀释了文字与叙述的浓度，但三岛由纪夫主观上追求维持百万字的一贯紧密浓稠，而且竟然真的做到了。

《金阁寺》是极为杰出的小说，但绝对和《丰饶之海》不在同一个等级上，更不要说三岛由纪夫写得很畅快、很轻松的浪漫作品如《午后曳航》或《潮骚》了。通过《丰饶之海》以外的其他小说来认识、衡量三岛由纪夫，都必然低估、错估了他，恐怕也就无法理解自身如此高才的川端康成为什么会用"两三百年才出现一次的才能"来形容三岛由纪夫。

也因此百万字的《丰饶之海》值得我们认真地、一字不漏地从头读到尾，一边读一边感知三岛由纪夫的命运，逐渐被小说一章一章，甚至是一段一段领着走向他生命的终点。

我们知道，写完这段文字之后，三岛由纪夫就在自己选择的日子前往自己选择的地点赴死：

> 这是个毫不出奇、闲静明朗的庭院，像数念珠声般的蝉鸣占领了整个庭院，除此之外，没有其他声音，寂寞到了极点。这庭院什么都没有。本多觉得自己来到了既无记忆也没有任何东西存在的地方。

怎么可以如此平静又如此空洞！这里有着令人难以理解因

而感到震撼的意志力，能够不慌不乱地将创作意图维持五年、一百万字，甚至连死亡都无法让小说家三岛由纪夫多眨一次眼皮，不当地露出任何一点慌张、动摇。而我们必须经历并完成这百万字的漫长阅读旅程，才会知觉这结束的宁静力量，仿佛和一种无法描述的生命光环终于联系上。

这部小说不容摘选，不容取巧，如果不能从头到尾领会三岛由纪夫创造的浓稠文本，如在蜜浆中涉足般走过，就不可能到达那个不可思议的终点，同时也就不可能体会以轮回拉长的循环无限时间和一般日常经验间的绝然差距，让三岛由纪夫带着我们进入另一种无法以其他方式言说的时间与生命模式。

《丰饶之海》的最佳译本？

不过大家要在中文环境里走这样一趟如同朝圣般的阅读旅程，会有根本的障碍，那就是不容易找到适当的译本。这样的内容，当然对译者是很严酷的挑战。现在我们能找到的版本，大多是大陆译者翻译的，台湾译者的版本通常比较老，往往已经断版了，只能在二手书市场找到。

这两种性质来历的译本各有优劣。总体来说，台译本多半出自前辈译者之手，这些老台湾人具备比较细密、准确的"日本感性"，比较能够传达日本人的独特心情，而且他们写的，是一种特别为翻译日本文学作品而存在的中文。那不是"纯正"的中文,正因为不纯正,所以能带我们更接近三岛由纪夫。

余光中曾经写过一篇提倡"纯正中文"的文章,标题是《论的的不休》,将矛头指向现代人写的句子里有很多"的",破坏了原来中文的严整结构与准确表达。我可以理解余光中无法忍受看到那么多"的"的心情,但他的文章犯了以偏概全的严重错误。他将"的的不休"视为受西化,尤其是英文翻译影响而造成的现象,这至少在台湾绝对不是准确的描述。余光中不懂日文,显然又很少接触日本文学作品,对于台湾的日文历史背景缺乏理解,忽略了从日文而来、很不一样的运用"的"的方式。

像是陈映真,一位了不起的小说家,同时也是了不起的文体家,他创造了自我独特的风格,在绵长的句子中穿插了许多"的",借以趋近台湾人在受到日本文化全面影响时的经验与感受。那样的文体自有其来历、自有其文法,绝对不能视之为纯正中文的败坏、沦丧。日文中经常使用同位格,比中文、英文都频繁得多,如果要予以保留,就只能运用"的"。中文会说"二嫂长得很漂亮",文法中一定要分出主语和形容词,但日文的习惯却是将"二嫂"和作为"美丽女人"的性质以同位格呈现:"美丽女人的二嫂",将这样的同位格当作是主语来运用。"美丽女人的二嫂从冲动欲望的心底疼惜比二哥小了十一岁的弟弟。"这样一个短短的句子中,就用了三个同位格,"冲动欲望"和"心"是同位格,"弟弟"和"比二哥小了十一岁"也是同位格。如此而从同位格间制造出复杂纠缠、引发读者种种联想的关系。这样的句子如果改写成纯正中文,就失去了日文中的意味了。

例如在三岛由纪夫的长篇散文《太阳与铁》中,有一段谈肉体与语言关系的文字,他就明确地以文法上的同位格来铺陈。对待这样一位具备高度日文文法自觉的日本作家,在翻译他的作品时,怎么能够不特别注意、特别保留文句中俯拾皆是的同位格?如果不"的的不休",又如何在中文里呈现这种同位格的丰富性?

老台湾人的旧译本,会比较尊重、保留这种日本文法与感受,因为这些译者往往本身就没有学过、没有学好纯正中文,不会有纯正中文的迷思。和后来中国大陆用纯正中文来翻译的文本,读起来很不一样。

不过,台湾的旧译本有一个共同的毛病。那时候翻译不是严谨的专业,加上译者不会有很好的参考数据查考配备,所以文本中不只是会出现许多错译,从今天的标准看更惊人的,是会有很多漏译。理由很简单,遇到读不懂的地方,译者就跳过去不译了,反正编辑和读者不会知道,也不会追究。产生的不是有意识的"摘译本",而是高度随兴的"漏译本"。

相对地,大陆出版的都是全译本。不过却也因此,书中会有很多读来莫名其妙的段落,来自译者其实完全不知道作者到底要表达什么,只是看着字句硬译。译者自己都不了解文义,读者当然很难透过翻译还原文章所要传递的讯息。

因而容我再强调一次这样的基本立场：阅读像《丰饶之海》这样的小说，千万不要设想找到一个"最好"的译本。最好的读法是将能找来的译本都找来，一章一章，甚至一段一段对读。即使完全没学过日文、不懂日文，也可以将原文本放在手边，不时翻开，看着你能辨认的汉字，和手上的中文译本对照。这样你应该可以感受到三岛由纪夫在四部曲中创造运用的四种文体基本差异，体认他对于自己能够像是化身为四位作家般来写这部空前风格作品的自豪。

四种文体中，无论是写作上还是翻译上最困难的，首推《春雪》。三岛由纪夫采用了纤细柔弱的声音，放进了许多类似日本和歌的句法，但却又保留了他运用艰深少见汉字的习惯，写出了一种如果用谷崎润一郎的观念来评断，应该是介于"和文体"与"汉文体"间的仿古美学。

从一部读到另一部的过程中，我们应该放在心上随时提醒自己，三岛由纪夫主观希望日本读者不断情不自禁地赞叹：这四部作品如此不同啊！每一部都从文字到情节彰显了个性鲜明的日本现代史段落。这有可能是同一个人写出来的吗？

但读者又会立即转而肯定：这当然是一个人写的，因为有着那么深奥又巧妙的佛法轮回观念贯串了四部小说。不可能有别的作家在佛教论理中浸润得如此透彻，入其中出其外，讲得清楚明白。

第三章

读《春雪》与《奔马》

纤细而柔美的《春雪》

依照三岛由纪夫自己的说法,《春雪》是要表现"和魂"的,"和魂"不是简单的日本的灵魂,而是和第二部《奔马》的"荒魂"形成对比,两者对应起来时,"荒魂"是阳刚的,"和魂"是阴柔的。

"和魂"的"和"是从与"汉文"区别的"和文"而来的。日本引进了汉字之后,在历史上形成了两种不同的书写形式——由假名表现的"和文",和由汉字承载的"汉文"。一个是几乎纯口语的,另一个则有比较强烈的书面成分,再进而从这里产生了阴性、阳性,或说女性书写与男性书写的差异。

假名容易学习,又是直接表音的,所以旧时稍微受过教育的女性都能运用;相对地,要能学众多汉字,准确掌握每个汉字的意思和用法,那就几乎只有男性才能得到那么长久、坚实的教育投资了。因而在日本传统中,"和文"就和女性、阴柔的表达风格联结在一起。

《春雪》要写的,是纤细、柔美的爱情故事,而且从主题、意念到文字运用方式都要和后面呈现"荒魂"的《奔马》构成强烈对比。所以小说《春雪》的主轴,当然是松枝清显和绫仓聪子两个角色间的曲折爱情过程。

不过,三岛由纪夫没有要纯写一个浪漫爱情故事,他在这个主轴之上，添了许多其他内容。因此读这部小说的一种方式，是将浪漫爱情的主体先整理出来，然后再讨论主体以外的附加意义。

最核心的故事：松枝清显在绫仓家长大，和聪子是青梅竹马。小说中清显回想起两人一起练习书法，看见聪子侧脸的模样，让他难忘，显现两人如此相伴成长的特殊关系。

后来清显回到自己的本家中，两人不再能共同生活，有了距离而改变了关系。有一天，聪子和一群客人到松枝侯爵家来游赏庭园，她突然问了清显一个问题："如果有一天我突然消失不在了，你会怎么样？"这个问题深深困扰了清显，而且他更疑惑为什么聪子要这样问。终于他找到了头绪，认为聪子是在借由这种方式告诉他即将到来的婚约，"消失不在"指的是她嫁人之后，没办法继续和他维持亲近关系、常常见面的情况。

但他想通这个问题时，整件事情已经决定了。聪子考虑了十天之后，回绝了亲事提议。清显最先的反应是松了一口气，困惑困扰都解决了，不只是确定了聪子为什么要这样问，而且明显是因为她心里有他、在意他，所以终究拒绝嫁给别人。

可是很快地，清显的心情转变了，他回想自己饱受困扰折磨的那几天，转而痛恨聪子竟然用这种方式陷他于高度痛苦中。他冲动地做了一件自认为可以让聪子难过，却遭到报复效果的事。他写了一封告白信，在信中捏造自己随着父亲去了"男人长大过程中应该要去的地方"，在那里有了体验，因而要向聪子说：

> 所以我现在看待女人的方式已经完全不一样，我不会再用以前的那种方式珍惜你、看待你，你也不要用以前的那种方式误以为我是什么样的一个男人。

然而在信寄出之后，清显立即后悔了。他打电话给聪子，请她承诺收到信之后就将信烧掉，绝对不会打开来看内容。后来遇到聪子，看起来聪子的神情态度没有任何异样，清显放下心，觉得聪子应该真的没有打开信就烧毁了。

但他错了。聪子的真实反应是被清显的请求激起了更大的好奇，看了信并且对信中所言大感困扰与难过，于是这样一位有个性又有行动力的女子，直接去找清显的父亲松枝侯爵查证，发现根本没有这件事，清显信中写的是假的。换成聪子松了一口气，但她不可能真的不被这件事影响、改变。

两个人都被改变了。从原本青梅竹马的单纯互动，而意识到对方的爱意；新的爱情将两人拉近，却又以各种方式折磨两人。

自取毁灭的爱情

清显后来知道聪子看了信，还去向父亲求证，他感受到被背叛又被揭穿的尴尬、羞辱，一度断绝了和聪子所有的互动来往。这段时间，绫仓伯爵家为女儿安排婚姻的压力愈来愈大，出现了新的对象来向他们提亲。这次请求婚约的男方是皇室的王子洞院君。那不只是贵族中地位最高的未婚男性，而且洞院君在明治天皇去世、大正天皇即位的变动时局中扮演了关键的政治角色。这是绫仓伯爵绝对不可能拒绝、没有权利拒绝的婚事。

偏偏这段时间清显和聪子闹脾气，不看她写来的信，也不接电话，于是聪子当然只能接受洞院君的求婚。因为是皇室的婚姻安排，必须经过宫中复杂的程序仪式，有一段等待同意批准的时间。

清显又生出新的念头。在宫中正式同意书颁下来前聪子写来的最后一封信，虽然他还是撕掉了，没有看信中内容，但他猜测那应该是聪子最后的恳求。依照他对聪子的认识，他想象信中写着：如果你愿意有所表示，我还是可以悔婚不嫁。于是他依照这样的想象，联络了老女仆蓼科，一定要聪子和他见面，如果聪子不从，他就要将这封信公开，让大家知道聪子曾经愿意为了清显悔婚。那就不只是对聪子，对绫仓家都会带来无法弥补的严重伤害。

聪子不得不被要挟而和清显见面了，但两人间本来就有的浓烈感情使得情况迅速演变成连续的幽会，到后来聪子怀孕了。居中替两人牵线联络的蓼科无法承受可能的东窗事发带来的压力而企图自杀，蓼科被救回来又反而暴露了这件事。松枝侯爵家深感儿子闯了大祸，积极介入协助处理，将聪子带到大阪去堕胎，再送她到奈良月修寺休养。然而在月修寺，聪子决定要出家，在任何人都来不及劝阻的情况下，仓促落发。

小说最后的情节，是清显拜寺，呼应了书名《春雪》。那是早春下着雪的日子，清显一而再，再而三地到月修寺请求见聪子，却都遭到拒绝。清显生病了，回到家中后很快就去世了，死时还不到二十岁。

主轴故事中的两人，清显和聪子，在小说开始时已经有了源自小时候共同生活的爱意，到小说结束时，在悲剧中分离了却依然彼此相爱。相爱的人却不能结合，但认真追究一下，是什么样的因素、力量阻碍、破坏了他们？是侯爵家或伯爵家的家世背景、家人态度？是宫中的王子或其他政治变量？是两个人受到的其他感情诱惑？

回到小说内容来检验，我们必须说：都不是。这个浪漫爱情悲剧最大的特色，也是最奇怪的地方，在于它几乎完全建立在相爱的两人自寻苦恼、自我破坏的基础上。外在的介入、阻碍在过程中从来不是决定性的，因而格外凸显了两人行为上近乎自取灭亡的荒唐性质。

贯穿四部曲的唯识观

小说《春雪》开头,三岛由纪夫就放了一段重要的伏笔。本多去松枝侯爵家拜访,聪子也来了,那是本多第一次见到聪子。会有那样一场聚会,主体活动是邀请月修寺的住持女尼来宣讲佛法道理。

然而在那美得如画的庭院里,却意外出现了一个丑陋的景象。庭院里有特别设计的瀑布,宾客游赏时,瀑布的水流却停了,一只狗的尸体卡住了出水的地方。住持女尼于是以这个意外景象开启她宣讲的内容。

她说了一个中国唐代的故事。有一个人为了修行而去拜访名寺,在山中走着,天黑了露宿在坟冢间,半夜口渴醒来,舀了身边水坑里的水喝,觉得入口冰凉、清澈、甘甜。但等到第二天早上,晨曦照亮了昨晚喝水的地方,想不到那竟然不是一般的水坑,他喝的是淤积在一具骷髅中的水。他顿生恶心之感,将肚子里的水吐了出来。

呕吐之后,他领悟了佛法中所说的"心生则种种法生",水是甘甜或恶心,不是来自水的性质,而是来自喝水的人的"心"。这是《唯识三十论颂》重要的开端道理,万法唯识,所有一切现象都没有自性,没有本体性质,都是来自我们的主观意识与感受。

小说中接着记录本多听到宣讲后的浮想:

我感兴趣的是悟道之后的元晓能不能再次喝同样的水而由衷感到清澈和甜美呢。纯洁也是这样吗？你不觉得一个女子不管多么堕落，纯洁的青年都可以从她身上体会到一种纯洁的爱情？但是一旦青年知道她是个极端无耻的女人，知道自己那纯洁的心象只不过是随意描绘出来的世界，他还能够从她身上体会纯洁的恋情吗？假如还能够的话，你不觉得这非同凡响吗？假如能够把自己的心灵的本质同客观世界的本质牢固地结合在一起，到了这个程度，你不觉得这是非同凡响吗？

这是本多天真、纯情的推论，也是这部小说对于清显爱情态度如何自寻苦恼的预示。清显不断被自己的意识、观念干扰，他爱情的对象，不是那如实存在的聪子，而是他随时在不同状态下心中所认定的聪子。他无从分辨什么是真实的聪子、什么是自己想象建构起的聪子或可爱或可恨的行为与感情。

所以这不是一般的浪漫苦情、相爱而不得圆满的故事。小说要讲的不只是清显和聪子间的曲折互动，更重要的是呈现清显的意识与观念。他必须一直和自己内在的意识、观念搏斗，他从来没有，也绝对不可能穿越层层的主观想象直接去爱聪子，而只能透过心象、概念去决定和聪子间的关系。

因此，虽然第三部《晓寺》有长篇唯识学的铺陈，我们却不能等到第三部才认知唯识学在《丰饶之海》中的重要性。从

《春雪》开始，唯识学就贯穿了四部小说。

"末那识"与自我意识

法相宗的"唯识论"提醒人，我们总是活在各种不同的主观感受幻象中，不可能离开"识"而碰触事物本体。清显就是一个示范，他无能穿越所有的主观、意识、概念、想象和先入为主的评判去碰触爱的对象——聪子。

唯识学的基础是"识"，比较低层次的"识"也就是感官感受，眼、耳、鼻、舌、身、意是前六识，五官感受再加上思考。我们以此和外界联系，同时外界不断在这六个方面对于我们产生刺激，如此形成了经验，也是人真正活着的主要内容。

有意思的是唯识学在六识之外，多加了第七识"末那识"和第八识"阿赖耶识"。末那识负责统整前面六识的内容。原本视觉是视觉，听觉是听觉，刺激有不同来源，从不同感官反映，各自独立，必须将个别数据整合在一起，产生类似现代心理学中的"自我"。所以末那识是人产生主体之处，不过在佛教传统中，重点被放在强调这主体的虚幻性上，是我们之所以产生自性幻象的来源。

从唯识学最容易看出来，佛教的本质不是我们认为的宗教，而是知识。佛教的解脱来自让人洞察、洞视幻假，将不该错误相信的内容排除之后，得到真实的理解，因而离开种种执念带来的痛苦，进入永恒的宁静安定中。唯识学是高度思辨性的。

唯识是主观唯心的哲学，提示了"万法唯心"的性质。我们以为的外在、真实世界其实都只存在于感官数据中，你看到的只存在于你的视觉，你听到的只存在于你的听觉……都是主观中的视象或声音而已，和你以为的外在对象没有直接关系，我们永远跳不过感官的中介去确切掌握对象。

所有这些被外界刺激而产生的意识，没有本性、常性，必然不断生灭变化。而在不断流转变幻中，将六识内容统合在一起的末那识，在这里产生了最大的欺瞒，让人以为有一个具备固定连续性的自我，作为不变的中心在接收、对应外在讯息；但其实，自我也是随时变动的，甚至离开了随时变动的六识并不存在一个固定本体的自我，幻假的自我其实就是以永远不会固定的六识组构形成的。

然而在末那识之外，唯识学又多增加了第八识阿赖耶识。唯识学在印度很发达，但就算以玄奘的历史性权威地位，都无法让它在中国流行起来。很重要的一个理由，就在于这关键第八识是纯论理的建构，很难在常识中去体会，和着重经验而轻忽逻辑思辨的中国社会习惯，有着最大的距离。

阿赖耶识源自唯识学和既有佛教信仰的一层根本矛盾。如果一切都是人的意识，都在人的感官间缘起缘灭不可能固定，如果连自我都是幻假的感受,那么轮回要如何安放?连自我都被否定了,那么从一世到另一世不断流转轮回的是什么?

"阿赖耶识"与种子

小说《春雪》中有一段呈现了世俗对于轮回的印象。本多和清显问两位泰国王子,佛教《本生经》中如何讲轮回?从泰国流传的上座部佛教,有一个金天鹅的故事。听完故事之后,本多提出了许多疑问。

最根本的疑问:如果这一世是人,下一世变成狗,或变成天人,从这一世到下一世必须有一个能够变形的——从人变成狗或变成天人——主体,才能够有轮回。因为恶业而轮回变成狗,因为善业而轮回变成天人,恶业与善业也必须有一个承载之处。

也就是说,对于轮回的理解、想象,必然要假定有一个固定、承续的主体,从这一世贯穿到下一世去。很有代表性的是中国轮回故事中的孟婆汤故事。正因为这个主体是相同的,所以必须在转世之际喝下孟婆汤彻底遗忘前面一世,才不会让前世后世的经验、记忆产生干扰、混淆。这也像是在羊皮纸上写字,要将前面的字刮掉才能再写上后面的字,因为是同一张纸。

但主张有这样的一个灵魂主体,从前世贯穿到今生,却违背了佛陀的根本教诲——要洞视一切现象都没有常性,如果依照唯识学的说法,连自我都是在末那识中的假象,要到哪里去找那个作为主体、连贯的灵魂呢?一切都在流转中没有本性,要如何形成轮回的主体?

佛教其实是承袭了印度文化的信念讲轮回,轮回却和后来发展出的解脱智慧有冲突。一个人要承担自己的业,业在未来的轮回中作用,不会随着人的死亡而结束失效,那就必须有一个不变的主体来接受善业或恶业的结果,如此这份业的承载者,就不是空的了?

既然是"万法唯心",一切都从我们的感官中生成,那么当我们的感官不再作用,所有的"识",从视、听、嗅、味、触到思,再到构成自我假象的末那识,不也就转而成空了?一切都消散无有,那怎么会再轮回,轮回要落在哪里?

因而需要在唯识学中设定第八识阿赖耶识的存在。阿赖耶识是"种子",是潜在(potential)。人死了之后,会传递的、会轮回的不是实体的灵魂,而是在各识背后的、使得各识成为可能的潜在因素。那是没有本体,单纯只接受因缘、因果的抽象潜在,所以中文一般译作"种子"。阿赖耶识受到外界各种现象、力量刺激而产生了六识,接下来由六识的混同而有了幻假的第七识末那识,或自我意识。

这些都熏染在原本纯粹潜在的阿赖耶识上,没有自性的七识在因果聚合条件不再之后散去了，所熏习者却留着不会完全消失，轮回就是在这个阿赖耶识上进行的。

"熏"是中立的词语，"染"则是带有负面意涵的。人的肉体与精神都无常性，不过是一些因缘偶然凑合，但在最根柢的阿赖耶识会受到经验与情感的或"熏"或"染"，而带着熏染后的潜在，让没有完全消失的因缘进入下一世。

阿赖耶识也在完全偶然的情况下汇聚其他因素，产生下一世的个体，如果受到前面的污染过多，承载这个阿赖耶识的个体可能就取得了畜生的形态；如果所受之"熏"大致为善性的，那么新的个体还是会相应呈现人的形态。

唯识学的轮回观，贯穿了《丰饶之海》四部小说。

东方佛法与西方自然法

《春雪》除了清显和聪子的爱情主线，还加入了本多繁邦。本多繁邦是一位奇特的见证者，他要在四部小说中似真似幻地见证清显的转世轮回。然而在这个见证的作用之外，他还有一项任务——在小说中代表理性。

轮回与唯识学如此奥秘，但和这份神秘奥义平行的，还有另一种试图进行理性思考和解释的持续努力。本多繁邦是法官的儿子，小说一开始，他在少年时已经打定主意要攻读法律。

那是日本在明治维新之后，学习西方建立了现代法律系统，背后有着来自西方理性传统的价值信念。于是松枝清显和本多繁邦这对朋友，代表了东方佛法与西方自然法之间的对立，两个人的个性与感性对应着两种很不一样的"法"。

佛法的前提是因缘、虚幻、主观，自然法的前提却是反对人为主观性与任意性，建立在对于自然律则的客观理解与模仿上。两者是完全相反的。佛教认为一切都离不开人的主观，所以事实上因缘凑泊的任意性被人的主观当作是有固定道理的，在这样的错觉执迷中产生了种种痛苦，必须洞见还原因缘偶然的本质，才能得到解脱。自然法却是坚持要找到作为制定与执行法律的确切不移依据。正因为法律是人订立的，人有各种欲望，有在不同情境中的各种考虑，所以法律必须摆脱这些高度变动的因素，建立在不变的原则上。这是法律尊严的保障，因为人不够稳定，所以要到自然中去寻找规律，换句话说，在自然法的思考中，变动是要被否定、排除的，和佛法肯定变动，甚至绝对化变动刚好相反。

本多繁邦一直在思考从柏拉图、亚里士多德以降就笼罩西方法律的哲学传统，并且清楚意识到相较于佛教，那是一种比较乐观、明朗的人生态度，相信秩序有终极的保障，朝向追求普遍真理，而不是在变幻中流转。

更进一步，小说中有"确立法"的态度，借着本多繁邦和轮回对比。偏偏是这样一个最难相信轮回的人，一次又一次陷入看似轮回的现象中,在饭沼勋、月光公主身上看到仿佛是清显转世的迹象。他的思想背景使得他应该否认轮回的存在,但他对于年少密友清显的强烈感情却拉着他情愿接受清显的转世,于是这中间又有了理性与感性的紧张冲突。

在每一部小说中,本多繁邦都和轮回的主角展开了重要的对话,借着本多繁邦将这些对话的内容联系起来。

时代洪流下的个体与集体

在《春雪》的第十三章中有本多繁邦和松枝清显关于"时代统一性"的讨论,触及了时代的集体性,以及个人与集体关系的问题。到了《奔马》中,本多繁邦清楚地回想起这段对话,进一步探问:"将来会如何记得我们这个时代?"如果说每个时代都会有被后世历史辨识、记忆的特殊"时代精神",那么"时代精神"和活在那个时代的特定个人有关系吗?

由此引发了本多繁邦的一份感慨。我们活在这个时代,老想要出人头地,要让自己超越一般人,但你有没有想到:如果你真的成功地超越了一般人,和一般人不一样,你也就离开了一般人所构成的"时代性",注定会在未来被遗忘?因为历史会记得的,是由一般人塑造、反映一般人状态的"时代精神"。

一个时代最终会有一份"同一性",时代最强烈的集体性质,极为残酷地碾过个性。活着而拼命追求与众不同,你的努力愈成功,等到后世要来记录这个时代,就愈是不算数。形成"时代精神"的是平均数,过和不及都被拿掉了。

你以为自己出类拔萃,然而在"时代同一性"的原则下,你还是只能和那些平庸的、你看不起的人放在一起,和他们形成集体,别无选择地让他们来代表你。

以这样的时代标准衡量,还值得追求个人、个体的独特性格吗?松枝清显那么受不了剑道部的人,那种风格和清显的纤细敏感格格不入,但最终人家还是要将清显和剑道部的那些人放在同一个时代中看待,并且认为剑道部那些人的粗犷和装模作样,最足以彰显这个时代吧!

这里又联系上阿赖耶识的熏染。在本多繁邦所见证的第一世中,松枝清显最瞧不起剑道部的那些人。然而到了第二世,他似乎化身成为饭沼勋,一个将最大的热情投注在剑道及剑道所代表意义——效忠国家、效忠天皇、反对资本主义、反对所有西洋事物——之中的一位本质主义者。也就是清显的阿赖耶识中被熏染了主要的"时代精神",集体"时代精神"甚至压过了个人的强烈好恶,轮回以这种方式证明了"时代同一性"的强大力量,以及清显骄傲追求独特自我的徒然。

这番对话与探讨中,反映了三岛由纪夫的态度。他并没有能够说服自己的答案,而是以真实的困扰在小说中表达问题:作为一个人,到底是应该追求个性还是顺从集体同一性?不只是小说角色,背后的作者三岛由纪夫都陷入了对于这个问题的深刻困惑。

松枝清显的爱情困境

我们可以从和《春雪》同时期创作的长篇散文《太阳与铁》中,具体感受到三岛纪夫的困惑。

《太阳与铁》中有这么一段叙述:

> 在我们幼年的时候,曾看见这样的情景,几个喝得酩酊大醉的男子跑去扛神轿,他们的神情极其放肆,仰着脸面,最后把脖颈枕在轿棍上,激情地狂摇着神轿,我思忖他们眼里所看到的究竟是什么东西呢。我始终被这谜团似的情景所困惑,我无法想象在那样激烈的肉体磨难当中所看到的陶醉幻影,究竟是什么样的东西。
>
> 因此这个谜团长期盘踞在我的内心,我学习肉体的语言,并亲自去扛了神轿,这才有机会揭开幼时的困惑之一。后来我终于明白,原来他们只是在仰望天空而已啊,他们的眼里没有任何的幻影,只有初秋那绝对蔚蓝的天空。
>
> 不过这天空可能是我有生之年再也看不到的异样的晴空,是那种仿佛被它抛上高空却又坠入深渊似的、无限沉

迷和疯狂融合为一的天空。何以如此呢？因为那时我是站在绝对的同一性之上，亦即通过自己的诗的直观而眺望的蔚蓝天空，与寻常的青年眼里所见的蔚蓝天空是同样的。这个瞬间正是我引颈期盼的，而这全要归功于太阳与铁。

说到为什么没必要怀疑同一性，是因为在同等的肉体性的条件下，他们分担了某种程度的肉体的负荷，而且遭到酩酊大醉的侵犯。在这种状况底下，他们的个人差异受到许多条件的制约，能力陡然下降，而且如食迷幻药般幻想的内在因素若几乎被排除的话，那么我所看到的就绝非个人幻觉，而是明确的集团视觉的一部分。

不是一眼看过去就能了解的一段话，但其中包含了三岛由纪夫对于松枝清显将自己置入爱情困境的探究。清显是一个太有个性的人，他和世界之间的关系，一直都是经由观念中介的，不是直觉性的，更不是肉体性的，在这点上他和一般人很不一样。

他和聪子间的问题，源自他无法真正爱那个现实存在的聪子，如同住持老尼说的故事中的书生，半夜喝水感觉甘美、清澈，那是肉体性的、在天亮后知道水的来历前的一种直感，没有被其他知识或想象干扰的直接感动。

他第二天早上的呕吐，象征了清显的困扰，也是唯识学要开示启发的愚念——被困在自我主观中，误将主观当作事实。

清显一直想、一直计较:"这个人值得我爱吗?我应该选择用什么方式爱或不爱?我必须弄明白她到底是清纯还是狡猾才能相应选择我的爱……"这重重的观念、思考横亘在清显对于聪子的感情间。

语言文字与肉体实践

《春雪》整部小说中最短的一章,第二十五章,短到仅仅两页不到,描述了宫中对于聪子嫁给洞院君的许可颁发下来后,原本对聪子采取了绝然不理不睬的冷血态度的清显,突然有了大逆转,感觉到自己热恋着聪子,然后他体会到:所谓优雅就是触犯禁忌,甚至触犯至高的禁忌。这个观念第一次教会他肉欲。

但这是观念的肉欲。引发他如此强烈冲动的,是聪子新取得的身份。他要去冒犯一个已经要嫁给皇室洞院君的女人。过去他对聪子如此冷淡,那也是来自他认为的聪子的欺瞒,是一种观念上的冷淡。现在冒犯要嫁给洞院君的女人,"严重触犯禁忌"这件事点燃了他的欲火。前后都没有直接的肉体性,都是间接经过观念中介的。

这就是三岛由纪夫在《太阳与铁》中所说的,认识肉体的次第和别人不一样造成的结果。先认识了语言,被语言败坏了之后才认识肉体。照道理说肉体是原初的、个别的、直接的,语言则来自外在社会,是集体性、衍生性的,也就是间接的,怎么会反而先认识语言呢?

这样的奇特自白,有效地联结了《奔马》和三岛由纪夫切腹自杀的行为。他也是先用语言(文字)在《奔马》中书写并解释了切腹的行为与意义,但不会、不能停留在此,因为他的生命历程向来是先语言后肉体,颠倒了语言和肉体的顺序,在语言之后,跟着的是肉体的实践,如此完成他和其他作家相反的自我认知。

在人生中先认识了语言,而对三岛由纪夫来说,语言最大的作用是侵蚀、腐蚀。这是什么意思?意思是语言主要的作用是选择,在如实的世界中丢掉无法说的,丢掉认为不够重要、不值得说的,还要丢掉不能被归整成线性顺序的,只剩下一点点用语言讲出来。通过语言,世界一方面变成了你自己的世界,另一方面当然也变小了,仅剩主观选择之后很小很小的一部分,其他的都被侵蚀、腐蚀消融了。

身为作家,三岛由纪夫的困扰是总习惯用语言的方式来面对世界。他建立起来的对世界的认知与理解,其实都是松枝清显式的,都在经过了观念中介、语言选择侵蚀之后,少了直接的肉体性,也少了和其他人共同的经验部分——那种所有人在肉体欲望上得到的同一性、感受到的同一性。

如此联系到仪式中抬神轿的体会。原本他看到一群人在迷醉中狂摇神轿，经由观念以为那是一种自我经验，但在自己真的以肉体去参与了活动后，才明白那没有自我、没有个别性，当他们抬头时，最重要的是感觉到看到了一片共同的天空，排除了理性与观念之后，纯粹是感官的，因而和别人都一样的天空。

这带给三岛由纪夫强烈的启发刺激，尤其着重在"统一性"上。松枝清显的悲剧就来自他没有这种肉体的直接性与"统一性"。

新旧时代交替的《春雪》

《春雪》除了写爱情故事，还要写一个特定的时代及其命运。小说中提到日俄战争时松枝清显和本多繁邦十一岁，到他们十八岁，正是明治时期结束进入大正时期。

明治天皇去世后，乃木希典与其妻子随即自杀殉死。这件事在日本社会引发了巨大骚动，不只显示了一个时代的结束，而且由此能区分出新时代的人和旧时代的人。同情乃木希典、能够理解他情怀的，属于旧时代；但此时已经另外有一群态度很不一样的人出现，代表新时代的走向。

小说《春雪》中出现了一张纪念日俄战争死亡者仪式间拍摄的照片。然而松枝清显对那张照片的印象却不是纪念死者，而是照片里的人都是死者。从他们这一代人眼中看去，战争多么遥远，而且一去不返了，他们对战争的经验与体会极其陌生。

三岛由纪夫要写他自己来不及经历的大正时期，将这段时期写成了两个战争时代间的一小段喘息，或一小段逃避，最大的特色正在于与战争无关，或故意疏远战争，产生了清显看那张照片时一种"恍若隔世"的感觉。

明治时代从战争开始，倒幕战争、西南战争，再以两场战争——中日甲午战争、日俄战争——为转折变化主导力量。而后面的昭和时期也具备清楚的战争性格。《奔马》的场景设定在一九三一年（昭和六年），最重要的就是战争回来了，发展出主角人物激动地朝向战争、准备战争的军国主义价值观。

如此凸显了中间时期的特殊性。没有战争，产生了一种疏离战争的气氛，才会出现像松枝清显这样的人。战争从训练准备到实际遂行，无一不是在肉体的层面进行的，力量与痛苦都在肉体中。和战争疏远的一个反面现象，就是肉体退却、观念升起，人转而活在由语言、文字中介的观念里。

尤其是养尊处优、在相当程度上和历史现实脱节的华族，最容易遗忘战争。所以三岛由纪夫选择了绫仓伯爵和松枝侯爵这两个华族家庭里的少男少女，当作《春雪》爱情故事的主角。

小说中松枝清显和本多繁邦是"学习院"的同学，那是特别提供给华族子弟念书的学校。三岛由纪夫写了许多这所学校的环境与生活细节，因为他自己也是念"学习院"的。他拥有足够的经验与知识，能够进一步写出两种不一样的华族。

真假华族

华族依照来历，分成"公卿"与"武士"，绫仓家是"公卿"，松枝家则是"武士"。公卿原本就属于中央，和皇室有密切关系，明治维新之后才随着天皇从京都搬到东京来。他们的生活背景带有浓厚的传统京都风味。武士来自地方，是倒幕到"版籍奉还"，没有了封建制度，为了补偿他们失去的封建地位与利益，才给予他们华族身份。

这两种家世在明治时期有着交错动向。公卿家地位与待遇持续下降，然而他们仍然保持了传统贵族文化的特权与尊严；相对地，武士家靠着原有的进取态度与世俗适应能力，往往得以在新社会得到更多的机会与利益。

松枝家有钱，但地位上，尤其是文化地位上却不如已经变穷了的绫仓家。清显和聪子的爱情是在这样的家世纠结，以及更庞大的历史变化中展开的。

松枝清显是在绫仓家，而不是自己家中长大的，那就是武士家为了让子弟感染更高贵的公卿气质而做的安排。那绫仓家为什么要接受松枝家的小孩？因为他们变穷了，和富有的武侯爵家建立紧密关系，可以帮助减缓自家经济状况的恶化。

但因为这样，清显心中有了一道长远的阴影。他是一个不纯粹的公卿华族，无法摆脱身世上的武士家根源。他的"公卿"高贵外表，是刻意学习或受感染之后装出来的。他永远无法去除掉对聪子的嫉妒，因为她是真的，在她身旁，清显就是假的。

在《丰饶之海》四部曲中，每一部都涉及真实性、纯粹性的问题。最根本的当然是轮回转世究竟是真实的，还是想象错觉；饭沼勋或月光公主真的是松枝清显转世吗？在似幻似真间，要如何验证确定，还是原本就不应该想要去验证确定？

可是更早地在松枝清显身上，已经有真实性的怀疑了。他一直意识到自己是依附在公卿家，为了变得像个公卿家的子弟，但只是"像"，不管多"像"，都"不是"。他的嫉妒，尤其是针对聪子的嫉妒，主要在于聪子是真的，自己是假的、是装的。

当他要报复聪子时，他选择写了一封假的告白——又是假的，内容故意要揭露他认定的聪子的虚假之处。那封信的潜文本，是带着强烈情绪的，是对聪子说："你们公卿家很了不起啦，如此高尚，当然也只能匹配和你同等高尚的人。我出身武士家，我父亲没有你们认为一定要有的那种装模作样，他觉得男人就是该去召妓了解和女人的肉体关系，就是该用这种态度对待女人。我现在已经完成了从假的公卿家气质朝真实的武士家风格堕落的过程，如果你要瞧不起我也随便你，因为从武士家的传统看，倒过来，我也能以男人的姿态瞧不起你这个女人。"

信寄出去他后悔了。除了对聪子的感情因素，我们不能忽略的是他无法真的放弃公卿华族风度与价值的痛苦。但他没有想到聪子会直接去松枝侯爵那里查证，揭穿了他信中所言是假的，这给他带来了另外一重真实性的丧失、更强烈的痛苦。

联系四部曲的要角

华族生活的一项特征，是家庭里有众多的仆从。聪子身边的蓼科甚至成了她和清显爱情故事中的关键人物。而造成聪子悲剧的一大因素，也在于她无法独自行动，只能生活在这个她离不开的系统里。

从《丰饶之海》四部整合的角度，我们更不能忽略《春雪》中写了"饭沼"。这部小说中清显的学仆就叫饭沼，有姓无名，他是穷人家子弟，二十三岁，在华族家中服务。他主要的工作是伺候公子读书。

小说中有一段描述饭沼去打扫神社，要经过侍女住的地方。他对于侍女有非常直接的肉体欲望，以至于必须借由神社的神圣气氛来压抑、制约自己的欲望。在这方面，他显然和他的主人清显完全相反。

饭沼对清显曾经怀有一份愤懑,觉得清显不是一个像样的主人,但后来被清显收服了。他和清显之间,有阶级关系,更有权力关系。因为清显没有将他当仆人看,反而使得饭沼瞧不起这个主人。清显纤细、柔弱的举止,没有给饭沼权力的压制。后来饭沼发现清显也有他认定的男子汉的一面,让他得以安心接受自己的奴仆地位。

这是第一代的饭沼,也是《奔马》主角饭沼勋的父亲。《春雪》中另外出现了两个异质的角色——两位暹罗王子。他们直接的作用是联系第三部《晓寺》,中年的本多繁邦到泰国去找他们,因而遇到了月光公主。暹罗王子的另一项作用,是他们有很不一样的传统信仰,即上座部佛教教理,和法相宗的唯识学产生了复杂、细腻的思想对话。

《春雪》中王子巴塔纳迪多殿下对一座泰国寺庙的描述:

> 我格外喜欢这一座寺庙,这次来日本的航海途中,不知道多少回梦见过这座寺庙。我梦见那金色的屋顶在夜间的海面正中央浮上来,然后整座寺庙慢慢地浮现出来。这时候船在前进,所以看到寺庙全貌时,船总是在远方,沐浴着海水浮现上来的寺院闪烁着星光,看起来宛如夜间在遥远海边,天空升起了一轮新月,我站在甲板上向它合掌膜拜。这个梦是不可思议的,那么遥远而且又是夜间,却

连金色和朱色的细腻浮雕都一个个清晰呈现在我的眼前。

从这个心影景象,接着有这样的议论:

> 所有神圣的东西与梦和回忆,都是由同样的因素形成的,由于时间跟空间的关系,跟我们兼容的东西也会奇迹般地呈现在我们的眼前。它们共同的特点就是,无论哪一种,用手都是触摸不到的。触摸到的东西,一旦远离它,它就有可能变成神圣的东西。我们触摸不到、我们把握不了的东西,就有可能变为神圣,变成奇迹,变成无可言语的美。

任何我们无法明确碰触、掌握的事物,都具备神圣性。这也反过来表示了:原本被我们视为神圣的事物,一旦被手指碰触了,或在意识观念中成为熟悉的,就会被沾污而不再神圣了。这预示了第三部《晓寺》中展开的一个主题——染和污染,也就是唯识学中的"熏"与"染"的作用。

《晓寺》中王子巴塔纳迪多殿下有另外一段意义深远的话,彰显了另一种哲学思考。那是对于月光公主之死的感慨:

> 我先前一直想要解开的谜,并不是月光公主逝世的谜,而是从月光公主生病到她逝世的这段时间,不,应该说,

是月光公主离开了这个世界之后的二十天,我不断地感到不安,但是真实情况我却一无所知,我仍然泰然地活在这个世界里面,应该说,这个虚假的世界里面。这不是虚伪的世界。

从事实上看,那段时间中月光公主已经死了,这个世界没有了月光公主,但他却还活在一个认为有月光公主的世界里。照理说,那样一个自我感知还有月光公主在的世界,是虚假的,但他的困惑是:为什么月光公主死了,他却没有得知,依旧用原来的方式活在已经起了变化、从有月光公主变成没有月光公主的世界里?

王子深通佛法,从佛教的因缘观看去,所有的事物都是因缘所成,而因果一环环扣搭在一起。一方面,去除了因缘事物都是空的,没有自性;另一方面,一切都在因缘中,都能以因缘解释,没有任何事物是真正偶然的。有果必有前因,有因也必然造成后果,这是佛教的严整世界观。

所以他无法理解:世界上少掉了一个我最爱的人,这是一个大因,必然连环产生许多果,一圈一圈、一层一层的因果改变了这个世界,可是为什么我无法感知?为什么这个世界对我来说还是有月光公主的世界?所以在这二十天中,我所处的世界,我觉得还有月光公主在的世界,是怎么回事?该如何看待?

《丰饶之海》的冲突与犹豫

《春雪》是一个有核心的爱情故事,然而光是要恰当地理解这个爱情故事,都必须动用唯识学的根本观念——人与世界之间,永远都隔着各种主观的作用。但我们也不能单纯将唯识学当作三岛由纪夫的信念,不,这只是他给小说打的一片基底,像是不用白色的画布,而是先打底色或画下一组样板,然后才在上面作画。于是画上去的任何形影,都会受到底色底图的干扰,和底色底图发生关系,而有了丰富、暧昧的重叠或呼应。

唯识学的底色上,有本多繁邦的自然法理性思考,还有另一份强烈主张,要到第二部之后才明确表现出来,在《春雪》中只是暗示、隐性的伏流。那就是主张人可以借由肉体直接和世界发生关系,产生不同的生命形态。

在这上面还画了一则大正时代的寓言。夹在毁灭性的战争与死亡之间,这个时代的人转而和自己的内在情感搏斗,是两段阳刚历史间的一段纤弱插曲。因为纤弱,有着类似谷崎润一郎所说的"阴翳性",这样的文化更接近日本传统,由"和文"所代表、与"汉字"形成对比的那种阴柔的灵魂境界。

当然所有这一切,背后都必然有三岛由纪夫自身的生命历程与挣扎。从《太阳与铁》的告白中我们可以理解:清显像是三岛由纪夫自己生命的前段,当时他被语言包围,只能、只懂得透过语言构成的观念来认识世界,相信语言、相信观念因而轻忽了肉体,也轻忽了从肉体而来的感情。到第二部《奔马》,那是他思考摆脱语言,以最戏剧性的肉体方式和世界发生关系,也就是肉体性地去经历生命消亡的阶段。

依照《太阳与铁》的说法,原先对应口头和脑中的语言,他的身体是沉默的、无言的。但有一天,他突然意识到身体有身体的语言,而身体的语言和口头、脑中的语言完全不一样。于是他开始锻炼身体,去寻找、掌握身体的语言,将身体打造成一种表达的形式,而终极的表达、无可超越的极限,是切腹。

在这过程中,三岛由纪夫写了《忧国》,后来还将它自编自导自演拍成电影。在短篇小说集《忧国》的文库本中,三岛由纪夫在后记中特别强调,《忧国》描述了人用身体来表达的内容,但对一个作者来说,这样的肉体内容毕竟还是只能留在文字与小说里,不能体验。

那时候他还没动念要去体验。他和自己的身体意识有着复杂的动态拉扯过程,而每一次不同的拉扯又都和他的小说写作有着缠卷纠结。三岛由纪夫原先是一个柔弱的男孩,被强悍的祖母压抑,又被母亲娇宠,到后来他意识到并困扰于自己的柔弱性质。一方面他因此而特别受到阳刚男性的吸引,但另一方面他又对柔弱的男性有着认同亲近。到他练身体,将自己"阳刚化",等于是背弃了原本的柔弱特质,进一步使他依违于阳刚与阴柔间,到底哪一个才是真实自我的多重冲突,他无法在性别上有简单、明白的选择。

这些冲突与犹豫都反射在《丰饶之海》中。

挑衅太宰治

战后的混乱环境中,年轻的三岛由纪夫寻求在日本文坛崛起的机会。在见到川端康成之前,他也去找了太宰治。在一间鱼店的二楼,太宰治当时住的六坪[1]大的空间里,三岛由纪夫和一群人挤着见到了太宰治。那是太宰治文学声望最高的时期,他的《斜阳》正在连载,而这部小说上半部写的是一个华族家庭。小说内容让有着真切华族生活经验的三岛由纪夫读得很别扭,他觉得小说里那个华族太太连敬语都用错了。那当然不是华族太太不熟悉敬语,而是作者太宰治这方面的准备不足。

依照三岛由纪夫写的文章,见到了太宰治之后,他突然以非常直接,也未多加说明的方式,对太宰治表示:"我不喜欢你的作品。"太宰治吓了一跳,然后避开不看三岛由纪夫,转向旁边的龟井胜一郎嘟哝:"可是毕竟来了啊,所以应该还是喜欢。"

在三岛由纪夫眼中,太宰治是个从乡下来,却到东京假装

---

[1] 1坪约等于3.3平方米。

华族的作家，将对三岛来说是生活常识的事写得错误百出，竟然还想得到别人的肯定和掌声。为了这件事他前去当面向太宰治挑衅，结果太宰治的反应是退缩，只想保有面子，更让三岛由纪夫觉得对方显现了那种乡下人的不堪窘迫。

见过了太宰治之后，三岛由纪夫去镰仓见川端康成，也是和一群人一起。依照三岛由纪夫的回忆，他们在川端家的小小客厅中等待主人回来。川端康成穿着雨鞋进来，乍看像个卖鱼的小贩。但三岛由纪夫可就不敢瞧不起这位穿雨鞋的作家了，因为他很明白自己需要通过川端康成摆脱原来的身份，脱胎换骨进入主流的"战后派"文坛。

三岛由纪夫有一段奇特的"写作前史"，发生在侵华战争时期。早在一九四四年，他就出版了第一本书，叫《繁花盛开的森林》。在当时因为战争而物资严重缺乏的日本，纸张供应极度稀少，很少能有新书出版，少年三岛由纪夫却竟然不只能出书，而且第一版还印了四千本，短短两个月内就卖完了。

三岛由纪夫自己后来解释，书之所以畅销，不是因为写得多好，而是因为太少有新书，新书太难得了。然而，既然新书如此得来不易，三岛由纪夫凭什么又能出书呢？这里当然有家族的影响力作用，另外更重要的，是他的作品引起了那个时期几位文学大腕的注意。

这些人包括了佐藤春夫、林富士马、伊东静雄、富士正晴等，然而这样惹人注目的起步，很快就遇到了战败的巨大冲击，给当时还叫作平冈公威的这位青年极大的困扰。一九四五年之后，日本文坛快速地划分成"战前派"和"战后派"，"战前派"不只被视为过时而必然没落，而且还因为和军国主义的关系，成了美军占领统治后打压的对象。

后来的三岛由纪夫、此时的平冈公威愕然发现：自己才二十岁，就因为之前写的作品与来往的文人，而在战争结束时过气、落伍了。战争中的三岛由纪夫写的是带有高度古典感官性、呈现奇特浪漫梦幻性质的作品。这种作品和所谓的"圣战"有关？主要是在当时的气氛下，这样的作品被认为表现了"和魂"，彰显了日本文化的特殊性，同时给战争的目的赋予具体内容——所谓抵抗外来、西方文化对日本的侵蚀，不惜，也应该诉诸战争来保卫自身的独特性。

日本战败立即且彻底地取消了这种文学的存在合法性。三岛由纪夫之所以讨厌太宰治，其实有更根本的理由，因为太宰治是"无赖派"的代表，而那种"无赖"的虚无生命态度在战后蔚为流行，和"战前派"形成强烈对比。

川端康成的帮助

三岛由纪夫曾经一度想要放弃文学梦想，让自己专心在东京大学念法学，依循稳定的道路在毕业后进入大藏省（当时的中央政府财政机关）工作，作为公务员展开官僚生涯。然而身体里的文学创作冲动没办法那么容易地消散，他终究还是忍不住寻求重新进入文学领域的机会。

他找到了川端康成。川端康成同情这位青年所具备的传统修养以及他从日本古典中脱化的写法，更切身地明白这样的写法在战后环境中可能遭到什么样的青白眼与阻碍对待。所以他将三岛由纪夫的小说安排在自己办的杂志上发表，拉这位青年一把，让他得以重建文学创作的信心与野心，很快找到战后环境中能够站立起的新风格、新写法。

有过"战前派"的经历，即使得到川端康成的协助，作品还是在《人间》杂志的编辑手中，从三月压到八月才刊登，这样的经验使得三岛由纪夫绝对不可能认同像太宰治那样的"战后派"。所以一直到一九六二年，三岛由纪夫都还是忍不住要在回忆文章中记录自己与太宰治的冲突。"战前派"的记忆，尤其是年少时看待战争的态度，没有那么容易从三岛由纪夫的生命与创作中离开。甚至，正因为从来没有上过战场，对于战争反而不会有具体的幻灭，让来自想象、来自观念和语言的战争，在他身体里存留了更长的时间。

太平洋战争的最后阶段，三岛由纪夫和战事擦身而过。他一度被征召，却因为发烧被误诊而遭退了。他回到东京，一直待在东京，经历了战争末期恐怖的大空袭，更经历了"一亿玉碎"口号所带来的从悲愤到绝望的种种感受。

"一亿玉碎"曾经是很有效的对外宣传，的确震撼并迟滞了美军登陆日本本土的军事作战计划。美国人无法估算出登陆后面对"一亿玉碎"的日本社会，会遭到多么坚决的抵抗，自身的军队要付出多高的伤亡代价，找不出一种有把握可以屈服日本人意志的有效方式。这也是后来美国急着动用刚刚发明、试爆成功的新武器，在广岛、长崎投掷原子弹的主要原因。

不过"一亿玉碎"还有对内的影响。十九岁的三岛由纪夫清楚感受到战争即将结束，而"一亿玉碎"带来的想象——战争结束也就是整个日本，包括自我生命的彻底毁灭。他感觉到自己随时可能死去，一部分因此而狂热地投入文学创作，然而很快地，战争真的结束了，却不是原本所说的"玉碎"结果，自己活了下来，但悲壮心情下，以"遗作"视之的那些作品却突然都失去了价值。

高喊"一亿玉碎"口号的时期给予三岛由纪夫的影响，不是沮丧，不是幽暗与焦虑，反而是进入了亢奋状态：反正连明天是不是还活着都没有把握了，那么今天处于青春爆发的情况中，就不需要节制思想或欲望，不用顾虑未来进行计算，对自己、对别人都可以狂放发泄。

他清楚意识到自己和那些"神风特攻队"成员是同时代的人，而且他在东京真正明了大空袭的惨状。当时大空袭造成的破坏伤亡是严格被管制的消息，不能让日本国民普遍知道首都被炸成了什么样子，影响他们最终仅存的战争信念。

到了他四十岁时,他仍然想要去追索、呈现"神风"精神的来源,那是书写《奔马》的重要背景。在《奔马》中,整个第九章是一部插入的《神风连史话》,也就是要将"神风"从对抗蒙古人的古老历史中拉出来,给予它不同的历史渊源,不是和"神",毋宁说是和"天皇"结合在一起。更重要的是,要让"神风"的自杀行动,有着更深刻的死亡仪式与死亡意义。

与太阳和解——《太阳与铁》

但三岛由纪夫对于个别性被取消的现象,并不是抱持批判、否定的立场。在《太阳与铁》中,他要彰显去除个别性这件事的内在吸引力。

他说,写文章时,距离战争结束已有十七年了,但十七年间他无法具体感觉战争结束。不只是战争迟迟没有离开他,更重要的是他摆脱不掉自己错失战争的遗憾。吊诡地,因为错失战争,也就一直无法离开战争。

他之所以错失战争,除了表面的征兵体检时被误诊之外,还有更深刻的内在理由。年轻时,一直到战争结束,他的身体都很孱弱,不可能以那样的身体去参与战争。那时候他用来写《繁花盛开的森林》的风格,也是纤细、柔弱的,反映出他的身体状况。从身体到情感,都和战争的性质相反。

他意识到自己和"神风特攻队"同代的事实,和这些人的生命情调联结上之后,产生了强烈的失落感。

使得他失落青春的主因,就在于先学习、先习惯了语言。从语言中建构起来的想象,变得比肉体更丰富也更重要。肉体的经验都先被语言筛检过,甚至腐蚀过了。在成长过程中,他无法如实地以肉体去接触、经历外在世界。用《太阳与铁》书中的形象比喻,语言将他转化成为夜的动物,只在夜晚存在,远离太阳,甚至躲避着太阳。

虽然太阳总是高高照耀着,自己却习惯躲在阴暗中。太阳象征着具体、实在的肉体感受。生命之中,他有过两次和太阳和解的体验。关键在于战败的冲击。第一次是战争刚结束时,年轻的三岛由纪夫躺着,突然感受到太阳。战争结束了太阳却兀自、持续照耀着,引发他联想太阳在照耀着什么——必然照耀着战争留下来的尸体与血。

第二次的体验则出现在他搭船出国时,在轮船的甲板上感觉到太阳如此真实地存在。他从一个躲避太阳的人,转变成能够与太阳和解,进而自愿迎向太阳的人。与此平行的变化,是他从一个"语言人",立志要让自己转成一个"肉体人"。

和太阳和解的那趟航行,是三岛由纪夫第一次出国。旅程中他去了希腊,明确形成了自己的一套西方文明论。他认为西洋文明有两种,一种是基督教式的精神文明,"精神文明就是基督教发明,最可恶、最讨人厌的东西";和"精神"对照的,是

"理性和肉体的合一",这是他主张的来自希腊的另一种文明。那是人在肉体的实质体验上得到了理性的秩序。然而希腊式的文明,后来却被歧视肉体、抬高精神的基督教文明取代了。基督教强调:信仰比经验重要,甚至认为信仰的核心部分是无法去感受的,和肉体经验全然无关,人相信什么比身体经历了什么更重要。

基督教要求人为了保护信仰纯正,要随时准备牺牲肉体、牺牲生命;甚至必须靠牺牲肉体感官经验,离开具体生命,才能证明一个人信仰纯正。

肉体、语言与文学

三岛由纪夫的西方文明论,反映了这个时期他自己的生命拉锯。之前通过语言来接触世界,就是一种凸显精神的生活。现在他要将自己从这样的状态中拔出来,改成肉体的、太阳的、阿波罗式的生活。

语言为什么会败坏肉体?语言原本为了沟通,本质就是集体性的,要沟通当然必须说和别人一样的语言。但真正吸引三岛由纪夫的,是文学,文学是一种变质了的语言,从集体性中脱化出相反、矛盾的追求。因为文学要创造个人独特风格,要彰显在语言运用上和别人不一样的东西,离开群性走向个性。

沉浸在语言中而忽略了肉体，但又在追求文学的过程中，将语言视为是个别性应该高于共通性的，要去创建自己的声音与风格。文学语言产生的对于经验的蚀刻作用，像在一块原本完整的铜版上进行熔蚀，让一些部分消失，每个人依照自己的语言取消一部分，将铜版蚀刻出特殊的图案。

于是作为"语言人""文学人"，又失去了集体抬轿者所感受到的集体共同性。

为什么抬轿的人最后会一起看天空？他们不是看到了神或什么神秘的幻影，不过就是看天空，因为天空是共同的，每一个人将意识投向天空，取消了自我差异，和大家一起看同样的天空，变得和大家一样，没有了个别性。

真正去抬轿得到的体验，和原本通过语言的想象完全相反。非但不是在兴奋过度的疲惫中产生了迷离幻影，看见了别人看不到的，反而是进入了和别人都一样的统一性迷离状况。在那里有一份真正的狂喜，不是找到自我、找到个性，而是体验了共同与集体。

语言还有另外一重矛盾。语言原先是要剥除具体变成抽象，来发挥整理经验和沟通经验的作用，然而当语言、文字变成了文学，文学作者却拿这样的工具去创造、描写许多现实中不存在的事物，在想象中衍生出种种具体细节来。因而语言、文字乘载的讯息，变得比现实更广、更复杂，有时甚至给人更具体更真实的感觉。

三岛由纪夫痛切、深刻地从不同角度反省自己作为"语言人"的存在状态，自觉地要去逆转这种情况，也就是刻意借由肉体去体验泯除个性的"同一性"。

痛苦是肉体唯一的保证

一九五〇年左右，三岛由纪夫坚决地开发自己迟来的肉体青春，要将本来应该可以参与战争的那个肉体赢回来。在身体的锻炼中，他有了新的思考，包括着重运用了"铁"的象征。

《太阳与铁》中的"铁"指的是那份压在肌肉上的重量。只有借由将沉重的"铁"举起来，才能确切感受到自己肉体的力量。没有"铁"，没有外在可以被克服的阻碍，人无从知觉自己有力量，无从了解自己肉体最重要的特性。"铁"既是力量的试炼，也是表现力量必要的工具。

"铁"让我们直接感受到力量，另外有一种介于具体与抽象间，可以视为"铁"的延伸，却比"铁"更惊悚的状态，激发了我们对于力量的知觉。三岛由纪夫以拳击和剑道为例。当你的拳头朝向对手打出去，或剑劈过去的瞬间，和将铁举起来不一样，有另一个实质的肉体，帮助你察觉自己的力量。

关键在于"敌人的回望"。那是一个真实的人，当你将力量投向他时，他会看着你，于是你从他看你的眼神反射性地领受了自己的力量。还不只如此，拳头或剑击中对手的景象，像是一座流动的雕像。你制造出一个凸出的线条，对手则刚好以他的凹线黏合上来，你的肉体和对手的肉体形成了流动造型，创造了一种概念性的美，你的肉体是这份概念美之中的一部分。

在那种状态中，你应该想象肉体变得多话，有它自己的语言，那是一种造型的语言。

还有另一种情况。换作是敌人的拳头或剑打在你身上，敌人回望的眼神此刻化成了拳头或剑，此时你不会有余裕将自己的行动美学化，承受打击逼向死亡的肉体失去了体验的余裕，转化为一个绝对经验的载体。肉体相反地沉默地承受着绝对的痛苦与死亡。

这段用迷离文字写在《太阳与铁》中的意念，大有助于我们理解剑道在小说《奔马》中的意义。主角饭沼勋开场时是剑道选手，但当他要投身革命行动时，却放弃了剑道。为什么？因为饭沼勋无法再接受使用木剑。木剑是假的，因为木剑能够刺激出的肉体冒险感觉是假的。此刻饭沼勋找到了可能让真实的剑插入肉体的真实冒险渠道，他当然选择真实，抛弃虚假。

《太阳与铁》中特别提到无法忍受观念，并将想象和肉体对立起来。当作者动用想象在文字间把想象事物写得栩栩如生时，他很容易误以为自己是自由的，可以任想象飞翔，想往哪里飞就飞向哪里。

然而肉体相对不是这样。我们一般对于肉身的认知，就是限制。甚至所谓"自己的"肉体,大部分都是不随意肌,即不是意志能控制的。从想象的自由与肉体的不自由对比,三岛由纪夫接着跳跃联系了耶稣基督"道成肉身"的事迹。基督最伟大之处在哪里?在于他"无罪受难",没有原罪,却为了世人而形成肉身,降到世间承受最痛苦、最不堪的折磨,才替世人争取了重新得到救赎的机会。而"无罪受难"最鲜明的象征是"道成肉身"。

他本来是"道",是高层次的存在,根本不需要肉身,却舍弃了原有的精神性自由、彻底的自由,自我陷落成为人。如此陷落之后才能接近人,不是空间上的接近,而是存在上的接近。唯有确实经历了不随意、不能随意,才得到了真实的人的生命。

精神的自由与随意,得来太便宜了。任何时刻中、任何状况下,一边阅读这段文字,你的精神一边就能飞到任何地方去。这么方便、廉价的自由,不会有价值。真正的随意与自由必须落在肉体上,锻炼身体的过程承受了许多痛苦,然后一点一点争取让你的身体能够做到原来做不到的,将一小部分的不随意转变为可随意。这种得来不易的自由,才有真实的存在性,而且才是和别人相通的。每个人都会有天马行空,别人无法跟上、无法体会的梦幻想象,那是个别的;但肉体上得到的随意自由、能做出的动作,是所有人都能理解的,只要是有身体的人,都能理解这份自由的意义。

在这样的思考背景下,三岛由纪夫说:"痛苦是肉体唯一的保证。"痛苦来自你扭曲、强求肉体去做原来做不到、不在随意范围内的事，如此而体会到那是你自己的，和意志、和想象抗衡的身体。

《奔马》的"荒魂"

三岛由纪夫点出一项重点：在日本，男人的肉体暧昧的存在状态。在一般时候，男人的身体没有什么用，因为无从表现其造型美。男人追求身体之美，轻则被当怪人，重则引发嫌恶反感。在战争状态中，男人的肉体变成了战斗的工具，目的是要死在战场上，会在阳光照耀下腐烂。

战争中男人锻炼自己的身体，包括练习承受各种痛苦，这是可以被接受的。但战争结束了，又返回了男人身体无用的状态，没有人会理解、支持男人重视肉体的状态。

人的精神过度发扬，肉体就相对堕落毁坏了。这样的主题贯穿在《奔马》这部三岛由纪夫自述为显现"荒魂"的小说中。"荒魂"和"和魂"形成阴阳对比，而"荒魂"的主要内容，是由肉体、痛苦与死亡结合而成的。唯有通过痛苦才能具体知觉肉体，而肉体的终极完成，只能够是死亡。在小说中，肉体的欲望和死亡的欲望一直是合并呈现的。

《奔马》第九章中《神风连史话》的源头，是参与"神风连起义事件"而幸存的绪方小太郎写的一份叫作《神焰稗史端书》的文件。三岛由纪夫参考《神焰稗史端书》内容，另外杜撰了一个叫山尾纲纪的人，当作《神风连史话》的作者，再编出了《神风连史话》。

小说中依托山尾纲纪所写的《神风连史话》分成三个部分。第一部分的重点是うけひ，直译为"宇气比"，或意译为"祈请"。"宇气比"是一种特殊的仪式，到三岛由纪夫那一代的日本人都不熟悉了，带着强烈的神秘色彩。在第一部分中，为了起义而行"宇气比"的过程中，他们却遭受了神的多番刁难，得不到同意与祝福。第二部分是关于事件本身的描述。而对整本小说作用最大的，则是第三部分。

第三部分的标题是"升天"，指的是参与事件的这些人如何赴死。在一夜战斗之后活下来的人，他们一个一个选择死亡，或者切腹，或者刺喉自杀。以一段又一段关于死亡的描述，来总结《神风连史话》。

从革命的角度看，"神风连起义"一点都不重要，像是一场闹剧。其中甚至还有一段抬神轿将主使者放在神轿前头的诡异画面，后来被大江健三郎套用到《被偷换的孩子》中，用来讽刺日本右翼在战后绝望地反抗美国占领军的行动。但三岛由纪夫将重点转移，不是这些人做了什么，而是他们如何去死。用戏剧性的方式表现肉体、痛苦、死亡，聚焦在肉体的"纯粹体验""纯粹意义"上。

《春雪》到《奔马》的连接点

第一部《春雪》和第二部《奔马》真的很不一样，符合三岛由纪夫用四种文体表现四个不同时代的野心计划。但迈向这空前的野心成就，一个人像是化身为四个作者般，必定会遭遇另外一个危机挑战，那就是如何能够不让四部分裂为四本独立的小说，如何有机地连成一个整体。

本多繁邦是四部的必要连接，除此之外，轮回是另一个拉住四部小说的主要元素。不过从《春雪》到《奔马》，三岛由纪夫又设计了一个更紧密，也更值得探索的连接点。本多繁邦遇见了饭沼勋，察觉他可能是松枝清显转世，在读完饭沼勋借给自己的《神风连史话》之后，给饭沼勋写了一封信。这封信至少有两项作用。

第一是通过本多繁邦对饭沼勋的述说，三岛由纪夫为读者重整了《春雪》的内容，说明《春雪》在表现什么。第二，他在这里联系了两部小说的两个主角。

本多繁邦信中说：

> 我在想，倘若同你的年纪相仿，我是否会像你那样感受到这种感动呢？对于这一点，我无法不表示怀疑。毋宁说，尽管我会在内心里多少感到内疚和羡慕，可也会嘲笑那些把一切都赌在那种莽撞举兵上的人。

这是很矛盾的反应。会嘲笑,但在嘲笑时又生出内疚与羡慕,为什么如此?他的解释是:

> 当年,我相信自己将来能够成为对社会有用和有益的人,因此,在那个年龄上倒也能保持自己感情上的平衡和理智上的清醒。在那个年龄上面,听起来、说起来有点古板,但在非常年轻的时候,我已经知道大部分的热情对自己都是不适宜的。我还早熟地知道人们都在扮演着各自应扮演的角色。就像我们不能从自己的身体中离析出来一样,我相信在人生的演出中同样不可能离开被规定好了的脚本。

这是他的生命观,保守且追求安全保障,要求感情上的平衡与理智上的清醒。到这个时候,他已经实践观念成为法官了,还是别人眼中的模范法官,却被饭沼勋的举动弄得失去了平衡,以至于离开了法官的位子。

从他的保守生命观的角度看去,当见到别人的激情时,甚至会觉得不和谐,激情与人之间有微妙的龃龉。无论是什么引发了激情,总像是外在添加上去的,而不是从自我内在长出来的。当他看着这些如此激情投身革命的人,他觉得很不对劲,激情与人之间不协调。所以他的反应是:

> 为了保护自己,我往往对此报以轻微的嘲笑。假如有

心去寻找，就会发现这种"不适宜"随处可见。而且，我的嘲笑未必就充满了恶意，可以说，这种嘲笑本身蕴含着一种善意和肯定。因为，当时我已经开始意识到，所谓热情，就是由于对这种不和谐缺乏自我意识才产生的。

年轻的时候，他对于人之所以陷入激情的解释是：那是因为对自己不够了解。热情、激情必定带着失控的现象，失控也就是无法有效掌握那份情感，正因为无法充分理解、无法掌握，才会失控，也才会有那么浓烈、近乎疯狂的反应。这是一体两面，失控了才有热情，热情必然带来失控状态。

于是热情与怀抱、表现热情的人之间就有了不协调。热情、激情使人变得不像平常的自己，产生与原本自我分裂开来的违和感。

松枝清显的转世轮回

然后在这里，本多繁邦提到了松枝清显，说："那位朋友破坏了我的这种完整的认识。"下面这段等于是对《春雪》那部小说的后设评论，提示我们在三岛由纪夫的主观中，小说的重点是什么。

松枝清显对聪子产生了激情，而有了和他原本的自我极度

不和谐的行为,整个人变得莫名其妙,有许多无法解释的举措。本多繁邦形容:

> 因为在那以前,他一直是一个水晶般冷漠和透明的人。他确实非常任性和重感情,可据我的观察,假如他的这种细腻的感受性在现实生活中派不上用场,那么,或许他会从那种单一、纯真的激情中解脱出来,从而不会危及自己的人生。

这个人如水晶般透明,身上带着从公卿贵族家中学来的奇怪的优雅。《春雪》中清显曾经有这样的自我比喻:像是插在一根粗糙木头上的一个优雅的刺。那样的优雅和他自身以及侯爵家的环境,都格格不入,使他变得极度敏感。《春雪》这部小说,如果是一部独立的小说,照道理应该要写:一个抱持着不合时宜的优雅、任性、敏感态度的人,他如何被外在世界改造,终究放弃了自己这部分的人格,融入成为正常世界的一部分。

这是小说合理的内容,也是如果由别人来写,理所当然会采取的写法。但三岛由纪夫没有要这样写,所以借由本多繁邦的信继续说:

> 然而,事态并没有这样发展,痴迷和纯真的激情很快

改变了他，爱情执拗地把他变成最适合于热恋的人。最愚蠢和最盲目的激情，成了最适合于他的情感。

松枝清显临死时的情态表明了，尽管他活在人间，却注定要为了爱情赴死。那时，不和谐消失了，没有留下一丝痕迹。太奇特，背离了本多繁邦原本世界观的发展，以至于本多繁邦在目睹"这个人变化的奇迹"之后，被改变了。

听起来很残酷，他得到的改变，是了解了应该庆幸，而不是遗憾清显死了。因为死亡才使清显的热情与其生命之间原本的不和谐得到了和谐。死亡将松枝清显完全转化为他的热情，终极地证明了他的热情是真的。于是热情、激情看起来只是人的失控，来自缺乏自我理解与自我掌握的不和谐消失了，他的人、他的生命与他的热情彻底合而为一。

也就在这里，连接了《春雪》的松枝清显和《奔马》的饭沼勋。松枝清显为什么会转世而为饭沼勋？他不是明白地对本多繁邦说了"这个世界上跟我同时代，又最让我讨厌的人，就是这些剑道社的人"吗？结果转世却成了一个不只热衷于剑道，而且具备超人剑道天分的饭沼勋，这是个玩笑吗？

必须由本多繁邦来为我们说明这件事。他并不完全只靠饭沼勋身上那几颗痣就认定饭沼勋是松枝清显转世的。他们两个人的共同点，也是让他们两个人和其他所有人区别开来的，是要以死亡来解决热情与个人间的不和谐性，这样的生命选择、生命情调。

见到了饭沼勋，读完了饭沼勋借给他的《神风连史话》，本多繁邦重新认识了松枝清显死亡的意义。他已经体认到"神风连"真正吸引饭沼勋的，不是它冲击社会、改革社会的行动，而是近乎浪漫地在一棵松树底下切腹自杀来完成自我生命的这个场景。

带着强烈意志，要以死亡来完成热情，那是本多繁邦原先没有弄清楚的清显的生命意义，此刻他从饭沼勋那里得到启发而明白了，也确认了两个人之间的相续转世关系。

为热情而死的意志

本多繁邦在信中说：

> 从我这个角度来看，以松枝清显的生命作为对比的话，《神风连史话》里的所有这些人，像是艺术品一样，因为这些人都以他们的死亡，完成了他们生命当中的不和谐感，解决了他们的不和谐感。可是它就是一个完成的事物，你真的要被这种东西打动，你真的想要模仿他们吗？我希望你想清楚再说。我不觉得这是应该走的一条路。

这其实已经很清楚地表示了,他知道饭沼勋在想什么,并没有要用世俗的观念来劝他年纪轻轻干吗想去死。他要传递的意念是:"因为年轻时遇到松枝清显的经验,我现在完全可以体会你的追求,但我希望你还是要真切确认,要用这种态度将自己的生命当作一个艺术品来完成吗?"

当然,松枝清显和饭沼勋还是有不同之处。松枝清显是先有了对聪子的爱情,那一份和自我不和谐的激情,而由死亡替他解决了不和谐。饭沼勋则是先有了一种像是艺术创造的动机,要将自己的生命打造成彻底的热情,受到那样的死亡方式吸引,然后才去寻找、落实那份热情。

他先有了为热情而死的意志,然后才去寻找热情投注的对象。这是《奔马》中的饭沼勋和三岛由纪夫自身的生命选择,最紧密却又最暧昧的关系所在。饭沼勋选择了将热情投射到天皇身上。然而他如何理解、如何体会天皇的意义呢?

小说中安排让饭沼勋去见到了洞院君殿下。当年就是洞院君要娶绫仓聪子,因而引发了以松枝清显年轻早逝收场的连环悲剧。从轮回的角度看,饭沼勋和洞院君之间有着前世恩怨。

对着洞院君,饭沼勋提出了奇特的"忠义"解释。他将"忠义"比喻为,用那种会将自己的手烧坏的最热的饭,捏成一个饭团奉献给天皇。如此只会得到两种结果:一种是天皇拒绝不要,没能尽到服务的责任,那就应该切腹自杀;另一种结果当然就是天皇接受了,吃下了那颗饭团,但因为那是来自一没有对的位分的人超越自己身份的服务，所以也应该切腹自杀。

因此所谓"忠义"，乃至作为"忠义"对象的天皇，岂不都只是一个借口？但那是必要的借口，来保证热情有着落、有意义，可以用切腹自杀予以完成。

以《奔马》映照三岛自杀事件

前面提过将《奔马》当作解谜之书的读法，那么解出的谜底其实会令我们更觉困惑。这意味着三岛由纪夫早已看透了，关键根本不在天皇；天皇或被抬举得那么高的绝对威权，只是让像饭沼勋这样的人可以去完成切腹自杀理想的虚空却必要的目标而已。

至高绝对威权的作用，在于无论行为的结果是什么，都会是对绝对威权的冒犯，所以一定要死。如此认知的饭沼勋，对比松枝清显而有了一份内在可笑的、荒唐的性质；并且从而弄出了一场闹剧来。

从两个角度看都是闹剧。一个角度是饭沼勋涉入的革命在行动前就被破解了，甚至没有"神风连"那样表面的悲壮。另一个角度是他竟然两世都毁在同一个人的手中。他们去找了洞院君，但洞院君怯懦退缩了，他绝对不要传单上有他的名字，决定撇清和革命行动的所有关系。

这里反映出三岛由纪夫的奇特个性与能力。他一方面能高度理性地演绎思考，另一方面又会将自己思维中已经表达清楚的条理，打散混淆为一片热情。

比较浅地来看，饭沼勋追随《神风连史话》发动革命，最终在小说的结尾处切腹自杀，那是自觉的生命选择，似乎透出了一份神圣性。然而还有更深层一点的探索：什么样的生命情境，会令人觉得非壮烈赴死不可？"神风连"找到的答案是发动"维新"来改变日本的走向，但实际上他们什么都未曾改变。他们仅有的成就是找到理由让每个人得以走上切腹之路。

这等于是将三岛由纪夫自己的行为事先点破、嘲弄了。他闯入自卫队要求他们放弃效忠宪法，应该要信仰天皇，那样的信仰岂不就是空洞的？不只是和真实在位的昭和天皇无关，甚至和任何一个活着的、活过的天皇都无关，和天皇的实质政治权力也都无关。

他说的天皇，是一个绝对不能企及的至高权威，以便给他一个可以选择自杀的理由。这是饭沼勋所追求的绝对、纯粹，也是三岛由纪夫在理智之外的想象选择。

梦想着太阳而死

从《奔马》中本多繁邦写给饭沼勋的信，我们意识到他在四部小说，尤其是后三部里的另一项作用。他扮演了前面一个故事的评论者。我们可以将本多繁邦视为作者三岛由纪夫的化身，在后来的作品中回头去讲解前面的情节，于是在这样的布局中创造出各部作品间的奇特互文关系。

本多繁邦点出我们可能忽略了的内容意义，或提供了前面情节的意义解释。第三部《晓寺》的第十章，当时四十七岁的本多繁邦回头检讨饭沼勋的故事。

本多繁邦去了泰国，在书店里翻开一本英文诗集，读到了一首诗，那是参与过一九三二年泰国不流血革命的一位青年，将革命后的幻灭用诗的形式记录下来的作品。本多繁邦被这样一首绝望的政治诗打动了，突然觉得"绝对没有更能抚慰饭沼勋在天之灵的诗了"。

他回想、重新评价过去的事。像饭沼勋他们这样怀抱革命理想的人，只有两种死去的方式。一种是革命失败了，在现实中牺牲了生命，或选择为了革命的失败献身。这种人当然不曾目睹、经历革命所带来的结果。但假使革命真的成功了，他们就能好好地活下去吗？不，因为他们的革命信念如此纯粹，革命后的情景必定让他们失望，他们只能以第二种方式，为了表达对革命的绝望而选择死亡。

饭沼勋和写这首诗的泰国志士有什么不一样？他们彼此的差异不过就是：一个死在革命之前，一个死在革命之后。相较下，饭沼勋还比较幸运吧，他至少是"梦想着太阳而死"的。

经历了革命结果才绝望而死的人，他们的"太阳"出现了裂缝，连太阳都变得不是完整、完美的了。

那位泰国诗人会羡慕饭沼勋的选择吧！而饭沼勋具有的，是一种"年轻人无知的睿智"，所以做了值得羡慕的决定。他并非预见了革命的后果而去死，对于未来他是无知的，但年轻的冲动使得他无法忍受革命失败，不会去等待之后的变化与机会，而直接投向死亡。如此反而像是有了先知般的睿智，让自己得以避开后来必然被玷污、被破坏的纯粹的革命结果。

继续等待，只会等来绝望，还不如早早去死吧！决定去死时，饭沼勋依赖的不是知识，不是预见，而是直觉。直觉让他跳过了现实的过程，跳到"对面"去。意思是：

> 在死的瞬间，无论成功或者是失败，或迟或早，时间反正要带来幻灭。对于这种先知，如果只是一成不变的话，那并不是什么先知，因为那不过就是常见的悲观论者的见解，重点只有一个，就是以行动、以死来体现先知，饭沼勋出色地把它完成了。时间到处设置的玻璃障蔽，绝非人力所能够逾越的障蔽，唯有用饭沼勋那种行为，才可能由对面向这一面，和由这面向对面，均等地透视。

有一种人，是普遍的、平庸的"悲观者"，他们总是感觉到逃不过时间的魔掌，反正时间会改变一切，所有美好的事物终究要变质、要消逝。人面对时间彻底无能为力,只能接受时间带来的幻灭,那是悲观的宿命。

停留在这种悲观中,是平庸的,只能不断发出普通的感叹。这种人还能活下去,是因为他们不明白时间会带来绝望。对于那些懂得绝望的少数人,他们必须用行动去阻止时间,阻止时间带来的绝望在自己身上实现。他们只能诉诸死亡,借由自杀让时间在自己身上停止。他们虽然还在时间的这一边,却已经看穿了:越过时间到达"对面"也只会是幻灭。

《晓寺》第十章中有这么一段话:

> 两个生命,通过不能重演的两个生命的出现,穿透那玻璃障蔽而结合起来,勋和这一位政治诗人,也就是一个是在事件之前死掉,一个是在绝望之后死掉,暗示着一种永恒的锁链,憧憬经历结局而死的诗人,和拒绝经历结局而死的年轻人之间的锁链。如果是这样,他们用各自的方法所追求和期望的事情的本身,又将如何?

这段话是三岛由纪夫对于"什么是历史"的说明。对三岛由纪夫来说,所谓历史夹在这两种生命态度之间,一端是像饭沼勋那种"无知的睿智"带来的直觉,让他在现实事件发生之前就赴死,省去了事后幻灭绝望的折磨;另一端是领受了挫折之后才去死的决定。两者的差异、横在两者之间的,是事件,也就是一般我们认定的历史。

从这个角度看,历史是由什么因素造成的,是命定的或是由人的意志主宰的,变得不重要了。他看到的、他在乎要呈现的,是更高层次的宿命,不管事件如何发生,不管历史有怎样的来龙去脉,终究逃不过幻灭与绝望。在时间中,事件必然变质,历史必然导向其原始动机的反面。这是事件的集体共性,历史无可推翻的通例。所以他关心的不是任何个别事件,不是历史到底发生了什么,而是这份集体性和个人间的关系。

历史带着强大的集体力量,任何个人,不论是这边的饭沼勋,还是那边的泰国政治诗人,当试图借由己身意志介入,都只能得到幻灭。所以不要想以意志改变历史,而是要以意志去参与历史,这是很不一样的两回事、两种生命态度。《太阳与铁》中描述抬轿后和大家一起抬头看天,那瞬间丧失了个人意志因而参与了历史,没有主观动机意图,反而才能真正参与。

非死不可的决心

这既是借由本多繁邦的思考,对于《奔马》内容的评述,也是三岛由纪夫死亡之谜的另一条线索。开始写作《丰饶之海》时的三岛由纪夫已经四十岁了,不再是少年、青年,不适用于"年轻人无知的睿智",他必须诉诸更多的推论来形成关于生命的终极判断。

他相信生命要有意义，不能停留在一般世俗的活法，要找到一个超越的、绝对的权威，成为自己献身的对象。不过他又明白，那个对象只是看起来在外面，实质上是反映了自我内在的一种纯粹性，才能构成生命意义的来源，也就是推到最极端，找到一份最纯粹的，彻底超越生活，让自己愿意牺牲一切。在这份纯粹之前，没有任何可以活下去的理由与动机，证明了这份纯粹的终极至高价值，无法妥协绝对高于自我生命的权威，没有杂质，如此净化了原本庸俗、琐碎的人生。

纯粹的权威给了他去对抗时间、停止时间的动机与勇气。他体会过许多，思考过更多，但他知道那些体会与思考不够深刻，不足以让他看透时间必然带来幻灭的真理，那不是知识层次的了解，只能从经验中去认识。

要解开三岛由纪夫的死亡之谜没那么容易。我们不能用世俗的概念来趋近他的行为。世俗的看法将他当作狂热右翼分子，为了策动自卫队反对新宪法、为了提倡天皇信仰而自杀，他的生命燃烧着国家主义的烈火。这种看法，甚至就连表现这种看法所使用的语言，都很明显地对应不上三岛由纪夫已经写在《丰饶之海》中的内容。

从《奔马》到《晓寺》，他所运用的叙述策略是"既非此，亦非彼"。饭沼勋之死，不是为了革命行动，他对于革命早已没有任何梦幻，而且是刻意取消自己对于革命成功的梦幻，先决定了就算革命成功仍然要慷慨赴死，所以才说他已经直觉地穿越到时间的那一端。饭沼勋之死也不是真的为了天皇。他已经表明了，无论天皇对他的行动采取什么立场、有什么反应，都不会改变他切腹自杀的决心。

"既非此，亦非彼"，推到最后所有的理由都不成立，那是没有真实理由、只有种种看来像理由的借口的行动。非死不可的决心，不受任何其他因素影响改变的绝对决心，如此才会是纯粹的。

三岛由纪夫用这种方式写饭沼勋之死，他当然也在这个过程中同样复杂、艰难地思考自己的生与死的抉择。

法庭上的矛盾

朝向死亡是三岛由纪夫坚持且长远的意志。通过《丰饶之海》与《太阳与铁》，他一直思考，同时一直记录自己的思考。我们必须尊重他留下来的纪录，不能过度或简化地解释他切腹自杀的行动。

作品中显示了，走向死亡的过程中，三岛由纪夫有着强烈的追求，他的追求一般人很难理解，他也愈来愈不在意世人是否理解。那份追求对他自身而言，如此真切，是生命与体验的终极状态，所以他必须记录下来。

不过，《丰饶之海》不只是要记录他的"死亡思考"，还要作为"传世遗书"。除了解释、交代人生最终决定，还要将他思考过、感受过的种种独特、有价值的内容都放进去，完成一部让世界记得三岛由纪夫全幅生命的代表作。

作为思考者，他相信纯粹性，并且身体力行，以生命去实现终极的纯粹性。他羡慕饭沼勋那样可以借着"无知的睿智"排除所有暧昧、吊诡，单纯、勇敢地为实现纯粹性而死。但另一方面，作为小说家，他不可能只写纯粹概念，还是要放进现实的种种暧昧、吊诡，既衬托纯粹性，却又污染了纯粹性。

小说《奔马》中有法庭上大逆转的情节。饭沼勋在最后陈述中，诚实地表达了自己非死不可的求死意志，并且说："如果不是法律介入的话，我现在已经死了。"结果吊诡地，法官和在场的人被他的慷慨陈词感动了，于是判他不受刑事处分。

而这正是作为辩护律师的本多繁邦已经预见了的。那甚至就是他救助饭沼勋的主要策略，让饭沼勋的纯粹真实感动法官，大家会反过来认为他不应该死，那么有理想的人应该活下去。

这是吊诡的情境，甚至近乎反讽，然而这才是现实。求死的绝对意志换来了躲过法律死刑的判决，这在道理上是说不通的，却是人世间会真实发生的。更加反讽的，是鬼头槙子的证词。她将日记呈交为证物，却在日记中编造了彻底的谎言。

饭沼勋去向槙子告别时，槙子明明知道他认定那就是两人的永别，但在日记中却写着饭沼勋反悔了，告诉她要将整件事取消。槙子借由对饭沼勋的爱，以及相应的饭沼勋对她的爱，寻求、逼迫饭沼勋放弃他的纯粹性。饭沼勋必须做出选择：坚持自己的纯粹性，坚持说出真相的话，就意味着让槙子去面对伪证罪的惩罚。

饭沼勋在法庭上只能供述，承认自己在那天晚上向槙子表达过反悔之意，不过强调那不是真话，不是心中真正的想法，只是用来欺骗、安抚槙子的。如此免除了槙子的伪证罪，也保住了自己的行动意志事实。看起来似乎两全其美，然而在饭沼勋自身的纯粹性标准上，却过不了关。

他试图要借由死亡排除的暧昧、吊诡、不干净、不纯粹回来了，甚至连他和槙子的关系都陷入了矛盾难解的状态。如何看待槙子？她救了饭沼勋，还是她背叛了饭沼勋？这两者之间，没有明确、干净的评断。她为了爱，为了不让饭沼勋被判死刑，却破坏了明明知道饭沼勋视之比生命更重要的纯粹性理想。

被破坏的纯粹性

除了槙子之外，事件中另外一个关键人物是饭沼勋的父亲饭沼茂之，槙子将行动改变的消息偷偷告知饭沼茂之，他去告发了自己的儿子。饭沼勋并不知道是父亲的举发以至于自己被捕的。

饭沼茂之将自己的行为告诉儿子的辩护律师本多繁邦。世俗的认知很容易同情这位父亲，当他察觉儿子的求死意志如此强烈，不愿意儿子在行动中牺牲，便以告密的方式破坏了行动，如此至少保证儿子能活着。这是读者在小说中第一次得知此事时会有的反应。

但事情没有那么简单。到饭沼勋无罪释放后，饭沼茂之和儿子一起喝酒时，在酒后用一种充满自豪的口气揭露了自己的狡猾算计。他意识到"二二六事件"风潮掀起的社会气氛，很多人同情怀抱理想而去冲撞体制的年轻人，但这些人死了，同情对他们都没有好处。所以他不只要让儿子活着，还要利用这个气氛披露他们的理想企图，用他自己的话说："你以后就了不起了。所以经过这一次之后，我给你、让你有更好的资格，下一次去发动你要做的事情。"他在帮助饭沼勋，给饭沼勋更好、更高的资格，可以去实践理想。

从现实上看，父亲的考虑是对的。儿子目前只有那么一点本事、一点力量，发动革命也改变不了大局，应该要借机将自己做大，抬高了自己的地位之后，下次再有机会，就可以带头，利用社会知名度争取支持，更能成功。

革命要成功不就应该如此算计、累积吗？

但饭沼勋和他背后的作者三岛由纪夫却早就了解革命若一

直走下去，只会走到幻灭的那一端，因而他们真正在意，却被饭沼茂之破坏了的，是那份当下的纯粹性。饭沼茂之认为儿子是要发动革命、成就革命，用他自己选择的方式帮助儿子。和鬼头槙子一样，他们都是用自认为的爱，依照他们的判断，结果破坏了饭沼勋的纯粹。

而饭沼茂之对儿子的坦述，还造成了更大的伤害。他让儿子知道了，这些右翼分子在社会上活动最主要的资源，来自像藏原这样的大资本家。那是一种类似付保护费的概念，这些人自知成为右翼激进分子的暗杀对象，就事先给钱讨好他们，遇到事时，也许这份交情可以让右翼分子去选择其他对象。

饭沼茂之说来沾沾自喜，要让儿子知道这种做法有多聪明，拿到了可以运用来活动的钱，可是真的要暗杀时，不会因为他们给了钱就放过。付钱是一回事，正义是一回事，他自豪于没有混淆两件事。

饭沼茂之用这种方式经营右翼团体，用那种方式救他的儿子，他是一个没有原则、矛盾的人，还是具备世故智慧的人？还是善于狡辩的人？这背后牵涉更大的历史问题：日本建立了近代国家，核心的运作原则与力量，应该是本多繁邦代表的法律理性；然而环绕着饭沼勋的事件，从饭沼勋的思想与行为，到鬼头槙子援救饭沼勋的动念与实践，到饭沼茂之经营右翼团体和密告儿子的种种算计，却都不在法律理性范围内，不是法律理性所能处理的。

法律理性被卷在中间成了一个闹剧式的因素，导引将看来矛盾的想法变成了必然的事实。一个年轻人将应该被判处死刑的犯意犯行陈述得清楚明白，反而在法律面前不受任何惩罚。

所以什么是法律理性？从第二部《奔马》一直延续到第四部《天人五衰》，借由本多的经历、思考与动摇、改变，三岛由纪夫要呈现法律理性的失败，从原本被信任的地位一路沦丧、瓦解。

"荒魂"升起了

《丰饶之海》四部曲是三岛由纪夫为近代日本所写的史诗。作为历史小说，《奔马》展现的是三岛由纪夫对昭和史开端的看法。

重点在于日本要从充满了"和魂"的大正时期，转为"荒魂"式的昭和时期。关键在于走过大正时期后，日本遇到了整个发展停滞的巨大问题。农村生产组织在持续快速变化中终于支撑不下去而瓦解了。在传统的经济生产上，压盖了一个外来的，与世界性工业化、资本化密切联动的资本主义、资本家势力，而资本家又直接和政府挂钩，实质上将日本政府资本主义化。

饭沼勋在法庭上解释自己之所以放弃了剑道，是因为看穿了只在武场上打来打去的剑道没有意义。当年的维新志士练剑道,是真正为了拼生死,现在它非但和生死无关,和任何有意义的事都无关。

合在一起看,看到了日本之所以能够快速吸收西方文明元素,让那么多异质事物进来,有一个绝对不容忽视的力量在作用,那就是战争。持续有战争,动员了人的激情,创造了高度集体认同,于是得以掩盖内部的分歧矛盾。

倒幕、维新都由武士推动,经历了各藩角力,一直到刺激"神风连之乱"的"废刀令",武士被缴械,武士的势力在历史舞台鞠躬谢幕。然而国家整体仍然继续武力化、武装化,接下来爆发了国家规模的战争,先后和中国、俄国打仗,一直到参与第一次世界大战,然后开始了下一个新的历史阶段。

大正时期的纤细显现为一路指引日本的武士精神与战争情绪的反动、逆转。战争结束了,以华族为首,开始了一种非战争的生命情态。但相应地,原本靠着战争而掩饰的种种问题,就在大正时期曝光,收拾不住了。

三岛由纪夫的史观是:前面是战争,后面也是战争,如此一段没有战争、发展停滞的时期,就是从饭沼勋他们的行动中被开启的。他们象征着一个新的战争状态卷土重来,要回到人可以上到战场寻找真实生命体验的状态,既是开启了新的时代,也是重返原先旧的时代。

《春雪》描写的,是突然没有战争的情境中产生的浪漫病态。依照三岛由纪夫的史观,这个时代没有独立性,是被前后的战争夹住决定的。到《奔马》,他刻意在小说中写得好像"二二六事件"是由饭沼勋的行动启发的,那就是军国主义的"荒魂"在这里升起了。

《春雪》表现了纤细柔美的极致,《奔马》表现了阳刚的极致,看起来彻底相反,但两者都来自三岛由纪夫,都存在于他的真实生命中。

第四章

读《晓寺》与
《天人五衰》

《晓寺》的本多繁邦

对读《丰饶之海》和《太阳与铁》，会发现中间有个体与历史的奇特平行现象，都是从阴柔纤细朝向阳刚粗犷发展。大正时代像三岛由纪夫的少年时期，充满了隔绝肉体的语言，创造出迂曲迷乱的风格；到了昭和时代，那是重新认识了肉体，转而以最激烈的感官冲动为主，扬弃了原来的生命追求，变化到对面相反的立场去了。

第一部《春雪》的主题凝聚于月修寺老尼说道的内容。一切都离不开概念，是概念而不是客观物质决定了你感觉自己喝到的是清澄甘甜还是污染恶心的水。松枝清显一直困扰于要弄清楚聪子究竟是一个什么样的女人，以至于无法以肉体直接去爱聪子。这等同于"和太阳和解"之前三岛由纪夫的生命情调，后来被他认定是"病态"的。

第二部《奔马》中，"和魂"被抛弃了，"荒魂"升起，在太阳热烈照耀下，只有肉体算数。转世后的饭沼勋在瀑布下，以其肉体的印记向本多繁邦现身，也就呼应了三岛由纪夫自己明白地抛弃少年时对语言的着迷、依赖，转而凝视自身肉体的变化。

这是前面两部中，三岛由纪夫建构史诗、将个人与时代牵系在一起的方式。然而这种史诗式的性质到了第三部《晓寺》，却似乎消失了,尤其是在个人与时代的联结上,不再那么清楚。

从松枝清显到饭沼勋,他们分别是《春雪》与《奔马》小说中的主角,毫无疑义,然而我们却不能顺着这个模式认定第三世的月光公主就是《晓寺》的主角。《晓寺》中本多繁邦的分量明显比月光公主重多了。三岛由纪夫不要重复已有的结构,他彻底改动了月光公主在小说中的作用,那绝对和松枝清显、饭沼勋不一样。

《晓寺》从本多繁邦到了泰国开始,历史背景则从第二部的昭和初年,进入了战争时期。由此,从小说的设计规划上,引发了几个关键问题。首先,为什么要以本多繁邦来引领书写战争?

死亡不是终点

本多繁邦原先是位法官,在第二部中为了替饭沼勋辩护而辞去了法官职务改任律师。时过境迁后,他用"有了正义前科"来形容自己那段经历。也就是自以为要维护正义而冲动行事,冷静之后发现那并不是什么光荣的行迹,更糟的是,他不只放弃了多年来的准备与追求目标,不再担任法官,甚至在参与饭沼勋的审判过程中对法律理性的信念受到了重重质疑,不断步步撤退。

撤退的第一步，他开始对于法律理性有所怀疑，但反而加强了对于法律的思考与追求。那是他看到了《摩奴法典》，发现轮回竟然被写在法典中，作为罪与罚关联的一项变量，这使他无法再安居于原本的理性式法学世界，不得不扩大对于什么是法律的看法。

第二步，为了饭沼勋，他从勤奋于追求生涯前途的法官，变成了一个行事愈来愈心不在焉、愈来愈松散，让大家觉得奇怪的人。第三步，他甚至不当法官了，在审判中，承审法官驳回检察官、要求中尉做证时，他一度迷离恍惚忘了自己的律师立场，对于法律，他不再有坚定的看法，不时陷入暧昧与矛盾心情。

到饭沼勋获释却去进行暗杀，然后自杀，整件事结束了，本多繁邦原本的正义感随而失去了着落。他对"正义"这个概念幻灭了，所以称自己为有"正义前科"的人。

带着"正义前科"，到《晓寺》中，他变成了一个服务大富豪的律师，接下一个拖延了几十年、没有人相信能解决的案子。他成功地处理了，得到涉争土地的三分之一作为报酬，突然成了亿万富翁，忙于适应新的富豪生活，要盖新的别墅。

这样的人生情境，岂不是和战争格格不入？三岛由纪夫怎么会选择这样的本多繁邦来当作这段历史的主角？透过本多繁邦的经验与眼光，我们几乎感觉不到战争的存在，战争不是以现实的方式在这部小说中显现，而是只有在某些超现实的瞬间才产生了梦境般的印象。例如描写"阿鼻怒号",将想象中的地狱声响和空袭轰炸联结在一起。

推开了战争,而将轮回推到《晓寺》的中心。本多繁邦从泰国又去了印度,接着从唯识学开始展开令人叹为观止的关于复活、轮回的细密讨论。轮回不是简单的一个灵魂主体不断复活,必须同时考虑到佛教教义中否认固定不动灵魂主体的存在,因此有了绵密吊诡的种种论点。

要记得,这时候的本多繁邦,已经经历了松枝清显和饭沼勋的两代转世。轮回对他来说不是单纯的理论或信仰,他有着从自己的具体经验去认知轮回的另一个角度。从这个角度,轮回有严重的意义缺失——破坏了人生最根本的悲剧性与悲剧感。

本多繁邦在印度亲见了轮回这方面的效果。真正相信轮回的人不会认真对待死亡,更别说悲壮地走向死亡,他们抱持着对死亡的轻忽态度。因为死亡不是终点,只是一个阶段结束,同时是下一个阶段的开端,死亡失去了那份"唯一"带来的庄重性质。

三世轮回的象征

经过了饭沼勋的自杀,轮回到了《晓寺》中,增加了更多暧昧吊诡。如果饭沼勋是松枝清显的转世,那么饭沼勋死后还会再入轮回，但如此一来，饭沼勋寻求的终极、绝对死亡意义，不就被轮回破坏了吗？他死了，还会以不同身份再回来。应该要感受饭沼勋之死的强烈悲剧性震撼、无从弥补的绝对损失，但本多繁邦却做不到，因为他总是想着：你还会回来……这减少了悲壮之美，甚至让整件事成为一场闹剧。

月光公主每次出现，对比前面的饭沼勋，都令人忍不住想起马克思的那句名言：历史上所有重要的事，第一次出现是悲剧，第二次再来时就成了闹剧。[1] 从松枝清显到饭沼勋，这中间有着神秘却必然的联结——两个人的生命情调是互补的。

《奔马》中经营公寓的老人被召唤到法庭上指认去找崛中尉的人，他看见了饭沼勋，却说："这个人好像二十年前来过。"除了本多繁邦没有人听得懂他在说什么，那么年轻的饭沼勋怎么可能在二十年前做任何事、去任何地方呢？

老人在松枝清显和饭沼勋身上看到了什么熟悉之处？我们可以更彻底地说：松枝清显和饭沼勋是三岛由纪夫一个人的两面，"和魂"的一面和"荒魂"的一面，如此密切联结在一起。

但到了下一次转世，最奇怪之处反而在于如此明确，一切条件齐备，简直没有任何怀疑余地。本多繁邦去到泰国找过去认识的两位暹罗王子，知道了在皇室中有这样一个小孩，承袭亲王死去的未婚妻之名，但说自己是日本人投胎的。而且这个

---

[1] 出自《路易·波拿巴的雾月十八日》。原文为："黑格尔在某个地方说过，一切伟大的世界历史事变和人物，可以说都出现两次。他忘记补充一点：第一次是作为悲剧出现，第二次是作为笑剧出现。"[《马克思恩格斯选集（第一卷）》，人民出版社，1995年]

小孩一见到本多繁邦就立即抱住他，要求将自己带回日本去。

为什么要这样安排？主要原因在于这部小说不再以转世者为中心，而要呈现本多繁邦过去抱持的种种信念——法律、理性，乃至看待死亡的严肃、紧张态度——都松动了。他变了，而且变得如此莫名其妙。

他不只是战争中的暴发户，还成了一个"老不修"，夜里会去公园偷看情侣幽会，总是带着一根拐杖，不是真的行动不方便，而是要用拐杖去钩偷看的女性的裙子，以便看得更清楚些。

何其不堪！他自以为神不知鬼不觉地去偷看，却遇到了一个人，告诉他："我认得你啊，我们是一起在公园里偷看的人。"即使如此都无法阻止本多繁邦继续去偷窥。他还把偷窥的冲动带回家，设计了从书房偷看隔壁房间的孔洞，以月光公主为欲望的对象。

从松枝清显、饭沼勋到月光公主，他和这个轮回中的生命每一世都形成了不同关系。但到了将月光公主视为偷窥对象，真是每况愈下吧！松枝清显代表了纤细之美的极致，饭沼勋展现了对于纯粹性的追求，怎么到月光公主这世时，这份关系会变得如此肤浅，近乎鄙俗？

在和三岛由纪夫自我生命的联系上，《奔马》预示、预演了两年后他选择的行动，他近乎自虐地将自己四十五岁的生命装进十八岁的饭沼勋的肉体感受中；但在作为小说家，尤其作为思考者的追求上，他并没有停留在这里。接下来他带着深刻的反讽精神，重新省思什么是"纯粹"。

对于他将以生命相殉的这份纯粹概念，三岛由纪夫没有要抱持一种简单的拥抱、信仰态度。在第三部《晓寺》中，三岛由纪夫借由老去而变得猥琐的本多繁邦发问：昭和时代的确出现了纠结难解的种种社会问题，让人对于现代与进步产生了幻灭，也才会有像饭沼勋那样要回归纯粹日本传统的冲动，但饭沼勋的行为到底具备什么样的意义？可能是饭沼勋自己都不了解的真实意义？

饭沼勋选择了杀人后自杀的方式来重返纯粹日本性。杀人是以最激烈的手段指出自己所厌恶、反对的。但将无法忍受、不要的对象除去了，却接着自杀，代表已经知晓自己的行动不会带来改变，只会带来绝望，所以选择在绝望到来前先毁灭自己的生命。

除了杀人及自杀之外，饭沼勋选择的这条路之外，还有别的路吗？说得更明白些：在现实中有可能找到和纯粹日本性共存之道吗？或是：永远都只有以死才能碰触到那份纯粹？

之所以大部分的日本人放弃了纯粹日本性，不就是因为那样的追求只能以死亡为其手段、以生命为其代价，他们不可能负担起，只好远离。

为何有"阿赖耶识"的存在？

在《晓寺》书中，三岛由纪夫再一次回到唯识学，但这套与轮回密切相关的复杂思想在小说中每次重来，都有不同的重点。

这回的重点在于提出了大问题：为什么明明是唯心主义、将一切建立在人的主观感官上的唯识学，必须假定有第八识阿赖耶识的存在？

唯识学的基础类似西方的极端唯心主义论。西方哲学中，乔治·贝克莱就主张，我们只能通过感官接触、认识外在世界，所以每个人所接触、认识的都只是自我感官塑造出来的世界，那是纯粹主观的，不只无法有客观性，甚至无从保证其确定实有。屋子里的一把椅子，我可以借由视觉与触觉感知，认定其存在，然而一旦我的感官离开了这张椅子，就不再有把握椅子不会消失或变形。人的感官不可能提供这种保障，而之所以在感官离开的时刻、没有任何人知觉时，我们还可以确定椅子的存在，而且可以一而再再而三地回来感知同一把椅子还在那里，这证明了上帝的作用，在无一人感知保证时，是上帝超越的全面知觉替我们保障了世界固定的存在。不能没有上帝，没有上帝我们将活在不可思议的变动恐慌中，只要眼睛离开一座山，就没有把握山会继续存在；只要身体离开椅子，就不确定再坐下来时椅子还在那里，那会是多么恐怖的生活状态啊！

唯心主义哲学将一切都视为个人心象所生，听到说话的声音，你无法把握别人和你听到的是同样的声音，甚至说话的人发出的就是你听到的声音。你不可能同时变成别人来接收、感知这个声音，也无法变成说话的人，只能以你自己的主体主观来领受声音。看到一个红色的杯子，即使所有的人都认定那是红色的，我们也无从肯定大家眼中看到的红色是一样的。这是主观间绝对无法打破的壁垒隔绝。

佛教用这套唯识论来说明，既然一切都是心象所生，那就都没有客观性，那就都是只存于个人感知中的虚幻，将虚幻当作实存，是人最糟的错误与执念，也是让人陷入痛苦的最主要的原因。

但唯心主义的解释，只需要前七识，五官五识加第六识思想，顶多再加第七识的统合虚幻自我感，就够了，为什么唯识学却没有停留在七识的结构，还要多加第八识阿赖耶识？

三岛由纪夫在小说中，不只提出了这个问题，而且尝试给出答案。他的答案不完全来自佛教哲学，相当一部分是植根在小说情节的有机延展上，具有高度的原创性。

阿赖耶识是为了保障感官心识所呈现的，背后有一个真实世界。世界的实体不断流变，然而如果依照时间将世界切成一段一段由瞬间所构成的切片，那切片仍然是实有的。世界的虚幻并不是完全没有实体，而是当下、刹那的实体到下一个刹那就改变了，原来的那个实体现象在变化中消失了，变成另一个不一样的实体,如此一直进行没有固定下来的时刻。

我们无法捕捉时间中的实体,但还是能够认识、体会,如果将时间限缩到最短最短的瞬间,那再薄的切片也是实在的。

有阿赖耶识才能分辨,一个持续流变中的世界,和个人感官心象上的流变不一样,佛理教人看清楚变化形成的虚空,要不然我们只能认识自己感官心象上的流变,凭什么说实存世界是变动不居的,凭什么得到打破定着幻象的洞见智慧?

佛教需要一个实体世界与实体的流变,不然要看破什么?要有实体世界我们才能将原本对于这个世界的一种固体式的认知(将所有的事物现象都看作固定不动的,误以为它们都有主体)转换为流转的认知——原来一切都像是瀑布一样,我们将之称为"十分瀑布""黄果树大瀑布",我们眼中看到一道二十四小时、三百六十五天、三千年一直都存在的瀑布,但实际上那只是由持续奔流的水形成的现象,没有任何固定的成分,也无法被捉摸,说"这就是瀑布",能被捉摸、汲取的只是水,不会是瀑布。

如此,在小说中一来联系上在《奔马》里看似被抬得很高的"荒魂",二来也联系到进入战争时期后荒唐的本多繁邦与那个时代的关系。

虚无主义与艺术

《晓寺》中,本多繁邦遇到了一位过气的艺术家菱川,小说中记录了一大段菱川的感慨。

菱川说:"一切艺术都是晚霞。"然后解释这句话的意思:

> "艺术这东西,就是巨大的晚霞,是一个时代所有美好事物的燔祭。长期延续下来的白昼理性,也被晚霞无意义的色彩浪费所糟蹋;被认为永远持续的历史,也突然感到末日来临。美,挡在人们眼前,把人世间的一切作为变成徒劳。目睹那晚霞的辉煌,目睹火烧云疯狂的奔逸,'更美好的未来'之类的呓语也立刻黯然失色;眼前的现实就是一切,空气里充满了色彩的毒素。什么开始了呢?什么也没有开始,只有完结……"

本多繁邦对于菱川的长篇大论显然很没兴趣,甚至产生了厌恶之感。三岛由纪夫明显地是要借由菱川来写一种他认为的莫名其妙、不称头的艺术家。菱川的原型是太宰治,这段内容充分表露了三岛由纪夫对太宰治与"无赖派"作家的看法。

后面他又长篇地描述了今西所幻想的"石榴国",尤其是"石榴国"幻想中与性有关的部分。两段内容加在一起,那就不只是在讨论艺术与艺术家,而是更进一步要揭示战争所引发的虚无主义潮流是怎么回事，又制造了什么样的大破坏。

从菱川到今西，也影射了现实中像太宰治那样的颓废、虚无的生命态度，三岛由纪夫提出的批判是：你们连要如何有个像样的死亡都没有办法，没有资格去追求。当一个人活得如此窝囊时，如何思考死亡？就像如果没有一种特殊锻炼过的身体，人是没有资格切腹自杀的。

而战争最大的问题，是让人失去了看待死亡的那份庄重之感，用肉体而非观念去感受死亡。或许对我们来说很陌生，但这是三岛由纪夫再真切不过的存在考验，他必须经历从逃避太阳到迎向太阳，取得了重视肉体的新启悟，然后羞愧地发现自己的肉体如此虚弱不堪，再花费二十年时间锻炼身体，最终要在身体走下坡路、在他失去体验死亡的资格之前，让自己死去。

他如此认真看待这样的死亡。从他的眼中看去，那种颓废艺术连对待死亡都缺乏紧张感，像太宰治那样随便就去殉情寻死，绝对无法得到他的认同，遑论尊重，在小说中他清楚表露了对这种艺术家的不耐烦。然而，换另一个角度看，我们又不得不佩服他的敏锐观察与同情想象，他还是能够长篇开展叙述菱川和今西的看法、主张，并没有因为自己不同意便一笔带过，更没有任意予以丑化。他只是让本多繁邦以一种"曾经沧海难为水"的态度，洞视这种艺术家的空虚，激发了心中的反感。

人生与小说的华美终点

《丰饶之海》是三岛由纪夫的遗书，是一份复杂的双重遗书。

在《奔马》中他交代了自己为什么选择那样的自杀死法，他和小说中的饭沼勋一样，要以生命去追求一个绝对的、纯粹的精神目标，所以产生了强大、无法抑制的冲动走向死亡。

整部《丰饶之海》中，饭沼勋的定位最高，他代表了三岛由纪夫自身的梦想，在肉体的巅峰状况中，撑起了一个辉煌的、像样的切腹而死的戏剧性仪式。

然而在现实生命上，三岛由纪夫不是十八岁，他已经四十五岁了，他为了实践那样的戏剧性仪式，在生命中的最后几年，努力维持那美学式的肉体。今天热衷于去健身房锻炼身体的人，绝对无法理解三岛由纪夫的动机。不能说他完全没有炫耀坚实肌肉的动机，但他的终极炫耀是和死亡仪式紧密联结在一起的，要在那个切腹的戏剧性场景中，确保肉体不会垮掉，不会让自己失望。

写完《天人五衰》，他连一天都没有等，立即将计划付诸实践，可以清楚看出来他意识到自己不能再拖下去的急躁，继续多撑一点时间，肉体可能就经不起如此华美绚丽的死亡表演了。

这是他作为一个人的死亡概念与死亡意志，但如果只有这样一份自我认同，三岛由纪夫应该在写完《奔马》之后，留下这份明白的遗书，就去切腹自杀才对，让自己的行为和小说中的饭沼勋直接对应。

然而事实是，到了《奔马》的结尾处，另外一个因素侵入了，影响了三岛由纪夫作为人的死亡意志表白。作为人，他希望自己和饭沼勋一样相信纯粹、投身于纯粹，没有任何犹豫，不需要任何让步。然而身为小说家，身为如此杰出、称职的小说家，他又知道什么是现实，以及小说中只能将现实扭折到达什么样的限度，超过限度读者就不会被小说说服，甚至无法被小说吸引了。

三岛由纪夫的小说意识使得他不可能写出只有纯粹性幻梦的作品，在《奔马》的后半部，不管如何不甘愿，他都必须让现实介入，让饭沼勋的梦想撞上坚硬的现实之墙。他的女友和他的父亲以爱之名致命地破坏了他心中的纯粹性，他被迫终止原本想象中的华美绚丽的追求。

从梦想的角度看，小说《奔马》的最高潮不是出现在饭沼勋真实自杀的那一刻，而是他们这群自认的"志士"尚未被崛中尉背叛时，所设计出的攻击计划，也就是饭沼勋为自己架起的死亡舞台。舞台上有革命，有飞机在空中，有雪片般的革命传单从天而降，有启悟捡起传单来读的人们；他们分头对银行等具有象征意义的场所攻击、占领，然后在辉煌中赢来失败，再进入同等辉煌的下一阶段，如同《神风连史话》里记载的那些人般——切腹走向死亡。

这是饭沼勋和同道们想象虚构出来的,等于是小说里的双重虚构,以小说的虚构去虚构出一份华美梦幻。然而想象、虚构到达最高峰就接着摔落进现实中,现实一步一步拆解、败坏了他们搭建的舞台。

没有崛中尉,没有飞机,没有了可以让他们进攻的对象。最后整个行动消失不见了,他们都被捕了,也不会有辉煌的死亡。更进一步,现实又化身为鬼头槙子精心打造的谎言,使得饭沼勋连在法庭上都无法伸张自己的纯粹意念。他试图保有自己的纯粹性,在法庭上慷慨陈词,又反讽地换来了免罪判决,让他死不了了。

《奔马》结束之处,饭沼勋只身去进行暗杀,然后在山顶上,太阳还没升起时切腹了。就连《神风连史话》中描述的那种朝日金光的背景都得不到。而刀刺进腹部时,在他眼前,实际上是在他脑中,太阳升起了,给了他最终的安慰。到这里,三岛由纪夫说完了自己作为人的终极看法:人应该要在最繁盛的状态中,为自己布置一个华美的戏剧性场景,然后灿烂地死去。

但小说不能只这样写,作为小说家他另有需要完成的。他要留下一部过去没有人写过,未来可能也不会有人写得出来的传世作品。只写到《奔马》不足以成就这样的目的,他非得往下继续写不可。

他早已设想好了庞大的四部曲结构，光是小说的规模、量体，就让人无法忽视。为了这最高的小说成就，他可以挨着，拖着随时在衰败的肉体，靠意志撑持自己的创作。所以说这是"双重遗书"，作为人的部分与作为小说家的部分，集合在这部作品中同时画下句点。

自命非凡的本多透

本着小说作者的身份，三岛由纪夫继续写《晓寺》和《天人五衰》。他不能不面对应然的生命、生与死的理想，被现实污染的情况，在这两部小说中写轮回的下坡堕落。

在《天人五衰》第二十七章中有一段久松庆子和阿透之间的对话。依循往例，这是用来解说、评论前面内容的。久松庆子将整个轮回的故事告诉此时已经改名为"本多透"的阿透，然后尖锐地说："说到底，你自以为与众不同，但实际上你是这样爬出来的。"

第一世的松枝清显被爱情俘虏了，第二世的饭沼勋被使命俘虏，第三世的月光公主被肉体欲望俘虏，到第四世的阿透呢？被毫无根据的自以为是、自以为与众不同的感觉俘虏了。

依照久松庆子的评论解说，第一部《春雪》写的是凄美的爱情故事，爱情超越了人的意志，带来了死亡。然后第二部中轮回故事往上升，写了生命追求纯粹性的使命，使命超越了存活下去的理由，朝向死亡。

但到第三部轮回故事转而向下，肉体的欲望攫抓、控制了生活，笼罩了人的存在。到第四部更是每况愈下，到了不可思议的低点，变成了虚荣，而且是空洞没有根据的虚荣主导着这一世的生命。

和阿透对偶的角色，是绢江。她不知道、无法明了自己的丑，真心相信自己是大美女，不断抱怨作为美女不得不经常被骚扰。她活在自己的幻想中，为了要躲避骚扰而和人保持距离，因而得到了最大的满足。

从外界的眼光看，绢江那么丑，但这种看法完全影响不了她，她拒绝被以任何方式提醒自己长得并不美。在这种极端情况下，吊诡地，她长得美不美也就变得无关紧要了。她可以一直安然活在美的幻想中，和活在自以为与众不同的幻想里的阿透成为一对。

两个人都有扭曲的自豪。绢江以受到的可怜待遇自豪，因为她甚至能够将可怜解释为身为美女被骚扰的结果。阿透则是以深刻的恶的能力自豪。他深信自己能够随心所欲为恶而不会被逮到，这证明了他比别人都聪明，让他为之沾沾自喜，并且形成了他的尊严与力量的来源。

轮回的往下堕落，也反映为第三世的月光公主在小说中不是主角，没有构成情节的主体地位，而是以本多繁邦的欲望对象存在。到了第四部，主体的空洞变质更严重了，阿透活在自己的想象中而失去了现实感。他对聪明的自豪有一种内在的邪恶——他觉得做好事、正常的事都用不到如此超绝的聪明，因而只有在恶之中才能实现、证明自己的聪明，于是他抱持着如此生命态度进行演练、示范。

其中重要的演练对象，是倒霉的未婚妻百子，他恣意、巧诈地操弄百子，显示了没有特别动机的绝对之恶。百子没有任何地方对不起他，也没有任何地方得罪他，他纯粹是为了证明自己的聪明而以最恶毒的手腕对付百子。

他的成就在于深信自己所行之恶，不会有人发现，不会带来任何惩罚。他获得了作恶的自由，那同时是他自我认知中聪明的证据。他要借由一封信就彻底瓦解百子，甚至整垮了百子家原有的欲求、计划。

但有一件事出乎他意外。他将这封百子亲笔写的信交给养父本多繁邦看，要让父亲误以为百子和她家人在阴险算计，对阿透没有任何真情，但本多繁邦的反应却是直接对阿透说："这是你叫她写的吧！"竟然被看破了，逼着阿透不得不察觉自己或许并没有那么超越、那么了不起。他恨养父如此拆穿他，于是假手久松庆子去打击、折磨本多繁邦，不料却又引来了庆子对他一针见血的那句评论。

第四世轮回

久松庆子不只看穿了阿透，而且点破了他的自以为是。阿透认定本多繁邦是个聪明、狡猾的老人，狡猾到一眼就看得出来谁与众不同，才会选上自己当养子。他满足于自己连如此聪明、狡猾，如此有眼光的人都可以戏弄，刚开始装作很乖，让本多繁邦相信他。

不过他逐渐发现事情不完全像自己所想的。他以为不会有人看得出来的恶意设计安排，被本多繁邦轻描淡写地戳破了。然后久松庆子进一步将整件事对他和盘托出，告诉他本多繁邦选他当养子的理由。绝对不是因为阿透与众不同，不过就是本多繁邦认定他是轮回转世而来的人。换句话说，本多繁邦根本不在意当下现实里的安永透是什么样的人，他看到的、看重的是阿透自己都不知道的前世身份。

久松庆子还让阿透知道，在收他当养子之前，本多繁邦甚至没有确切弄清楚阿透到底是不是那个转世之人。应该说，收他当养子的主要动机，就是要测验看看阿透是否真的是那个灵魂一路转世而来的。

依照前面的例子，每一世都在二十岁之前就被一股巨大的力量笼罩控制而失去了活下去的意志。因而最简单的方法是就近观察这个人，如果他身上显现出这份二十岁前会让他去死的力量，就证明了他是轮回转世的；如果他没有掉入那样的挣扎中，到二十岁还活得好好的，便倒过来证明了他不是。

本多繁邦的用意，有一份方便，也有一份阴狠。安永透此时十六岁，将他找来当养子，顶多再过四年就见分晓了，自己有条件可以体验这轮回的第四世。要不然就在四年之后宣判这个人是冒牌货，终止这段关系。

久松庆子将这件事告诉了阿透，等于是给了如此自以为不凡的阿透致命的打击，引发了阿透自杀的冲动，他自杀未遂却失去了视力。

《天人五衰》小说的开场是在船上，安永透在看守站中负责从望远镜中盯着海上寻找其他船舶的踪影。三岛由纪夫在这里写了一个比喻：大海处于一种时间被取消的状态，而安永透的工作是借由发现船只将时间带进来。他从望远镜里看到船从远方慢慢一点一点变化，于是不变的大海有了变化，也才有了时间，是从安永透的眼睛中创造出了时间性。

阿透双目失明，依照这个比喻，他就失去了发现时间、创造时间的特殊能力，也无法再承担这个特殊角色。还有，绢江第一次登场时，透过阿透的眼睛，我们知道了这是一个丑女，但她却坚持自我欺瞒，认定自己是美女；阿透没有了眼睛，失去了否定绢江自我认知的依据，于是他接受了绢江是美女，发展了两个人之间更亲密的关系。

生命的衰败

久松庆子明白地告知阿透:前面的每一个转世者都有特殊的、堂皇的热情,为了那份热情而死去。但她看不出来阿透身上有类似的性质。她怀疑阿透根本是冒牌货,并且直接说:"你要知道,你不可能一直冒牌下去,因为前面的转世都经历了终极的考验:如果过了二十岁你还活着,你的冒牌身份就暴露出来了。"

这是巨大的侮辱,同时种下了巨大的恐慌。阿透有理由害怕自己不是真正的转世者,因为本多繁邦都没有在他身上真正找到和松枝清显等前世者清楚联结的地方。本多繁邦看到的,只有那三颗痣,可是在个性与行事上,安永透既不像松枝清显,也不像饭沼勋,反而比较像本多繁邦。

这也是轮回故事每况愈下的一部分。在此之前,本多繁邦都在转世者身份中看到了和他自己最不一样,也是他的思想、人格中最缺乏的部分——广义的他的对立面。就连月光公主毕竟也是他的欲望对象,形式上明明白白站在另外一边。

然而到了第四世找到的这个人,没有了这种生命差距,相反地,安永透让本多繁邦感觉他如此像自己。

由此展开一个之前三部中没有好好探索的主题——松枝清显他们几个人,和本多繁邦有什么根本的不同?最简单、最基本的事实:他们是复数,本多一直只有一个。说得更明白些,他们都死了，本多繁邦却一直活着，因而他们身上呈现了只有死才能得到的答案。死亡才能够知道有什么比生命重要，有什么会让人愿意以继续活下去为代价去换取。松枝清显有他的爱情，饭沼勋有他的使命，月光公主有她的欲望，而本多繁邦呢？他就是没有这样的强烈情感，所以一路活下来。

一直活着，因而也就老了。死亡有一个好处——断绝了生也就断绝了老。在《天人五衰》中，从书名开始，三岛由纪夫要表达一个非常单纯，单纯到近乎幼稚的观念，但这对他如此重要，必须郑重其事地在小说中表达出来——生和老是同一回事，是无法区分的。

自以为理所当然地选择生、选择活着，其实是选择老。活到这样的年纪，本多繁邦变成了一个悲哀的闹剧，他始终没有遇到更大的力量让他献上生命，于是他持续老去，到了必须承受老的种种后果的阶段。第四部写的就是连佛教中最高级的存在"天人"都躲不掉的种种衰老性质。

本多繁邦找到了有可能是冒牌货，看起来愈来愈不像、愈来愈不对劲的安永透，就是因为他老了。他失去了过去被另外那个生命冲击而产生的感动反应。一直到一九六八年，当三岛由纪夫已经写完《奔马》在准备第三部《晓寺》时，都还没有"天人五衰"这个书名，出现这个书名，显然反映了作者本身面对老去的悚然之感。

《天人五衰》是四部当中篇幅最短的，而且比原定的计划提早了一年完成。为什么急着完成？因为"五衰"的现象不是只出现在小说里的本多繁邦身上，也出现在三岛由纪夫强烈的自觉中了。

丰饶之海的幻象

对比前面三部，《天人五衰》的文字与叙述少了耐心铺陈。三岛由纪夫作为一位小说家，他经常在作品中表现对于景物的高度着迷，会用文字繁复地为小说人物与情节搭建舞台。

看一下《晓寺》开头的描述，充满了交织的感官讯息，形成一片华丽到近乎无法逼视、刺激读者不断扩大想象能力的图像。第四部《天人五衰》开场的海景仍然带有这样的繁复特质，然而继续读下去却不得不察觉作者的耐心快速流失了，尤其在记录呈现人与人的互动交流上，写得愈来愈直白，失去了经营精巧隐喻的空间。相应地，这部作品的标题也就大白话地显示出"天人五衰"。

小说开始没多久，第八章中直接引用了佛经的文字，解说了什么是"小五衰"，什么是"大五衰"。

"天人"原本身上自备乐器，有着美好的声音，老了的时候失去了美好的声音，接着本来总是光亮的皮肤变得会沾上水珠了，不像荷叶不沾水、可以随时将水珠抖掉。他超越距离、得以无视距离隔绝的能力也消失了,他的四肢变得软弱无力。这是"小五衰"现象。

还有"大五衰"。衣服布满污垢,头上的花枯萎掉落,腋下流汗,周身发出臭味,最后不喜、不得安居本座。连提供安定的位子都坐不住了,在这理想空间中不再有属于他的地位。

三岛由纪夫以"天人五衰"来表现他对老去的态度,不只是恐惧,更充满了睥睨与轻蔑。所以他当然对于描写年老没有耐心。《春雪》、《奔马》和《晓寺》都是漂亮的隐喻,《春雪》是矛盾统一的季节流变象征,《奔马》带着高度动能与无法停下来的意象,《晓寺》是自然与人文之美交映的现象,每一个词都准确地呼应了小说中的主题内容与特殊笔法。

但《天人五衰》呢?没有隐喻,没有象征,也就没有任何美化、丰富年老的可能性。

如此分析、理解,也就将我们带回到这四部曲的总书名。我们必须明了,"丰饶之海"不是一般的形容词和名词,而是一个专有名词,一个奇特的地名。这个我们今天大部分的人不会一眼辨识出的地理名词,清楚反映了三岛由纪夫写作的那个时代。那是全世界屏息目睹人类第一次登陆月球,留下最深刻印象的时代。

美国航天员登陆月球的位置,叫作"宁静海"。在那个大家对月球产生如此高度兴趣的时代,连带有了关于月球地理的常识,而"丰饶之海"和"宁静海"一样,都是用来指称我们从地球上观察到的月球阴影部分的专有名词。

抬头看月亮,在反射的光中,很容易看到有不同形状的阴影,中国的想象是在阴影中看到了玉兔、吴刚或嫦娥,西方人则看到了和地球对应的陆地与海洋。"丰饶之海"是一块大阴影,当三岛由纪夫如此命名自己的小说时,这并不是一个冷僻的典故,很多人都知道其来历。

月球上的"海"根本不是海,更不可能"丰饶",那只是一无所有的一片洼地。从这个总书名的意涵上看,第四部《天人五衰》的内容确实应和了三岛由纪夫的理念。如同月球上的"丰饶之海"一样,这一切如幻还假,追究到最后都是假的。在表面的"丰饶"名称之下,反讽地,会是也只能是一个荒败、沦落的幻灭故事。

第五章

青春、情欲与
　　轮回

《午后曳航》的情欲场景

《丰饶之海》写成于人类刚刚完成登月壮举的时代,科学一方面将人带到月球上,另一方面也彻底打破了各个文明对于月亮曾经有过的种种想象。夜晚挂在天空上最醒目的月亮曾经引发过多少想象,然而所有的想象都被证实是错误的。

在西方的想象中占有极大分量的,是关于月球上的海洋。月球因为没有大气层,不会有空气中摩擦燃烧的现象,所以经常有大块陨石落在月球表面,撞击出众多坑洞。这些坑洞过去形成了观察月亮时所看到的诸多阴影,西方文化中,很早就依照自身探索地球的海洋经验,对比认定那应该就是月球上的海洋造成的视觉现象。

月球像地球一样有陆地、有海洋,而人们在对于火星的观察中则注意到有一些类似运河的线条,这是西方对于外星人的想象,会优先聚焦于他们来自火星的主要理由。人类观测星空因而得到了很大的乐趣与安慰。

所以英文中指涉月球上地点的词就有了"宁静海",月球上连空气都没有,音波无法传递,整个星球是一块巨大的、终极宁静的石头。另外有"丰饶之海",那就变成强烈的反讽了,连一滴水都没有的星球上,要如何"丰饶"呢?

三岛由纪夫刻意取其反讽之意,对照月球上的海与地球上我们一般印象中的海。书名"丰饶之海"中的"丰饶"二字不能单纯读为形容词，还有根柢上"丰饶之海"连在一起作为专有名词的意义。

海洋经常在三岛由纪夫的作品中出现，特别值得拿来和《丰饶之海》做意义联结、对读的，是他一九六三年完成的《午后曳航》。这部小说曾被好莱坞改编为电影，电影的气氛色情诡谲，当年看完留下深刻印象，惊讶有人会用这种方式来看待生命。

海洋是《午后曳航》小说的主题与核心象征。这是一部篇幅不长的小说，描述一个住在港边因而很自然地对大海好奇、热爱航行的男孩阿登，在成长过程中遭遇的焦虑与痛苦。

共同的青少年成长经验，是原本从大人那里接受的世界秩序被打破了，童年结束意味着不再相信这些既有的答案，而叛逆地质疑、反抗固定秩序，世界碎裂开来，必须自己想办法再一块一块重新拼起来。

阿登的父亲早死，母亲还年轻，二十岁就生下他，此时也才三十三岁。他在家中发现了一个可以偷看到妈妈房间的地方，看见妈妈带了担任二副的船员冢崎回家：

> 模糊的灯光从侧面照到冢崎的胸膛上，他的胸毛随着沉重的呼吸上下起伏，狂乱的眼光注视着母亲脱衣的动作，月光从背后照映在冢崎那筋肉怒张的肩膀上，抹上一道金

色棱线，连粗大的脖子上浮起的颈动脉也被染成金黄色，乍看之下仿佛拥有一具精质的肉体，又似月光与汗水制成的黄金体。

母亲脱衣的动作十分缓慢，或许故意如此。突然一阵凄厉的汽笛声划空而来，震撼了整个原本幽暗寂静的房间，那是巨大、狂野、充满了悲哀的海洋在咆哮着，如同金贝般华丽幽暗，包含了海潮所有的喜怒哀乐，是千百次航行的记忆，满载了喜悦和悲哀的咆哮声，那种感觉仿佛是从遥远的海岸或是海洋的深处送来了一份充满甜蜜气氛的憧憬。夜的狂热随着汽笛声侵入了房间。

二副猛然转头，眼光抛向无垠之海洋。

情欲与汽笛

他目睹了母亲和男人的性爱。然而带给他最大刺激的，是那个男人的雄性身体，以及汽笛声所代表的海洋魅惑。

这一瞬间仿佛奇迹出现，以往深藏在内心的疑惑，终于完整而毫无保留地展现在阿登眼前。

汽笛鸣响之前就像一幅未完成的图画，万事俱备，一切都朝着伟大的瞬间进行。但就是缺乏一种力量，所以无法将这一堆材料变成一座美丽的宫殿,而一声汽笛便是那决定性的一笔,使这幅画变得完美无缺。

在此之前,月亮、海上、热风、汗、香水、成熟男女裸露的肉体、航海的机械、对世界各港口的记忆痕迹、令他面对这些情景而喘息的小洞、少年坚毅的精华,一连串的东西,这些东西确实聚集在一起,但只不过像是一堆散乱的纸牌,不代表任何意义。借着像是获得了一股来自宇宙的力量,散乱的纸牌得以连贯,把他与母亲、母亲与男人、男人与海、海与他联系在一起,形成一个无法动弹的环节。

阿登感到呼吸困难,汗水涔涔,精神恍惚,几近昏厥。他觉得出现在眼前的一连串镜头,可能是十三岁的自己凭空创造出来的虚像,是不容破坏的神圣图画。

然后,他的内心呐喊着:"不能破坏它,如果被破坏的话,世界也会面临毁灭,为了维护它,我什么恶都做得出来!"

于是这一幕偷窥带给他的不是伤痕,反而是激昂的启蒙,让他确切离开了童年,开展他的青少年成长之旅。那幅帮助他跨越成长门槛的图画中有两个具体的形象。一个是那男人充满阳刚雄性表现的身体,另一个则是海洋。阿登在这个男人身上投射了对于男色以及对于海洋的羡慕、崇拜,但同时这个男人和他母亲做爱,又取代了父亲的角色,于是他的眼光无可避免带上一份乱伦的情欲意味,他既爱上了母亲的情人,又似乎将自己投射在这男人身上渴望与母亲交合。

极度复杂、有着浓厚精神分析气氛的情感关系中,还增添了海洋的因素。那个男人同时是海洋的代表,海洋透过轮船汽笛为他的情欲发出尖锐的声响,于是等于母亲被海洋包纳进去,与海洋合一。

小说到后面,换成从这个男人冢崎龙二的角度来书写。被小男孩阿登看作海洋化身的冢崎龙二自己如何看待海洋呢?

> 冢崎龙二的父亲是东京的区公所职员,他的妈妈早死,他和妹妹两个人由父亲一手带大,他的学费完全靠瘦弱的父亲拼命加班赚来,虽然家境清寒,仍然把他养得壮壮的。
>
> 在第二次世界大战的一次空袭当中,他们家被烧毁,妹妹也在战争的末期死于伤寒,战后,龙二从海事学校毕业,还来不及赚钱养家,父亲就也死于一场疾病。因此,龙二对陆地生活的记忆只有贫困、疾病、死亡,以及轰炸后的一片荒凉景象,从此他就远离陆地。

他接近海洋是为了避开荒凉的陆地,海洋让他可以离开陆地所象征的贫困与死亡,给他一份希望。然后他有一段话想跟阿登的妈妈说却没有说出口:

为什么我心里特别重视那种值得为它死、为它燃烧的爱呢？这种观念完全是海洋所赐，对经年累月关在铁造轮船里的我们而言，日夜围绕在身边的海洋就是女人的化身。它风平浪静时的柔情、暴风雨时的狂野、阴晴不定的变化，以及夕阳映照下那无可比拟之美，都太像女人了。而且明明顺流前进，依然有阻力产生。虽然有着无穷尽的水量，却不能解我们之渴。我们日夜处在这种容易联想到女人的天然环境里，而与真实的女人相距千里，显然地，这种天然环境正是形成我这种观念的原因。

海洋的比拟

关键在于：海洋是有性别的，海洋是女性。在冢崎龙二的心中，海洋是女人的替代，不能接近女人使得他深深被海洋吸引，却又因为海洋而无法真心亲近女人。一直到遇见了阿登的母亲房子，他又出海之后，回来做了新的决定。他觉得自己终于找到了真实的女人、不需要再靠海洋来替代的真实经验，所以他放弃了海洋，回到陆地上。

海洋和女人一样丰富，女人也和海洋一样难以捉摸，由温柔和粗暴形成的神秘结合。然而在冢崎龙二的体验中，一个迷魅如房子的女人，让海洋显露出其不真实，不像女人那样具备自我，海洋呈现为女人的模仿、赝品。所以他选择要和真实的女人在一起，离开那片对他不再那么有吸引力的海洋。

但这样的决定让阿登震惊。阿登之所以崇拜冢崎龙二，之所以认为龙二和妈妈的结合是神圣的，誓要以一切代价来保护，是因为他羡慕冢崎龙二和海洋的关系，龙二代替他和海洋发生了那么亲密的关系。一旦冢崎龙二放弃了海洋、离开了海洋，就使得阿登失去了和海洋的神秘联结，同时冢崎龙二也就突然还原为一个男人，一个侵占了他妈妈的男人，而且是一个不值得的男人。冢崎龙二竟然放弃了海洋，就证明了他不值得、无价值。

如此而发展出小说中恐怖暴力的一段。海洋意象、海洋的意义是三岛由纪夫在这部小说中创造出惊人张力的主要元素，在里面置放了各种关于海洋的想象与思考。海洋不只最温柔又最狂暴，海洋是一切生命矛盾的丛聚之处。海洋打破了人间简单的分类安排，阳性与阴性，应有的身份角色都混同在一起。

海洋象征着人情义理出现前的原初状态，和国家主义的理念彻底相反。国家主义要求每个人按照分配的角色位分尽到国民责任，画出清楚的界线将每个人限制在其中，不准许任何角色的混淆。但大海没有界线，不只是没有空间上的界线，甚至没有性质上的界线，如此奇特如此神秘。进而人会从对海洋的这份神秘认知投射感受到爱情的作用，爱的对象如同海洋，总是不可捉摸，总是具备无穷的矛盾统合。

温柔与残酷,狂暴与优雅,最高贵与最低贱,你会在所爱的对象身上找到所有的矛盾。一旦成为真爱的对象,原本具体存在的那个人的一致性似乎就消失了。这是三岛由纪夫的洞见,我们可以平静、有把握地看待所有不爱的人,其实也就是通过角色来安排彼此的言行互动。然而一旦这个人变成了爱的对象,激发了强烈的爱意,原先稳定的期待突然就变质了。他的正常行为突然在感觉上如此冷淡,变成了最残酷的折磨。他的一笑突然如此难得,包纳、展现了全世界的温柔。他每一秒钟的想法与做法,都成为谜,无可捉摸、无可理解。最小的细节被无限放大,最平常的事物被赋予最强烈的情绪,因为爱情,那对象就从正常的人化身成为怪物。

三岛由纪夫一直在小说中探索,表面上看起来单纯清楚的人,如此被爱或假装的爱改变,变成了怪物。这怪物是如何产生的,我们又如何去理解这个怪物?也就是探索最适合以海洋、只能以海洋来比拟的特殊存在。

《春雪》中关于海的场景

回到《丰饶之海》的第一部《春雪》,里面有两段重要情节,都发生在海边。

第三十二章中,松枝清显和本多繁邦去到海边,本多看着大海：

视线应该和水平线等高，奇怪的是，总觉得自己眼前便是大海的尽头，也就是广袤陆地的起点。

本多一只手抓起一把干燥的沙子，慢慢撒落在另一只手掌上，沙子从手掌撒到地上，于是又下意识地抓起一把沙子，他的眼睛、他的心灵已经痴迷于大海。

大海就在这里终结。这无边无际的大海、这力大无比的大海，就要在自己的眼前终结。无论是时间还是空间，没有比站在分界线上更感觉神秘的了。当自己仿佛置身于大海与陆地的如此雄壮的分界线上时，就觉得正体验着从一个时代向另一个时代转变的巨大的历史瞬间。而本多和清显生活的现代也无非只是一个退潮的滩头、一个涨潮的滩头、一个境界。

……大海就在自己的眼前终结。

本多繁邦体悟自己和清显处在时代的交替之处，然而时代的变化是什么？像是一个又一个波浪所构成的大海，海浪会有结束的地方。于是联想：如果我们所处的时空是大海，那么大海的尽头是什么？有没有时代如浪接连变化最后终结的那片沙滩？

每一块浪潮都起自看不见的尽头处，经过了多么长远的动荡传递，却在冲上沙滩后终归消失于一瞬间，一个由全世界海洋所形成的雄大企图随之突然结束。然而，那是多么恬静而优雅的挫败啊。余波最后的哗啦哗啦之声把混乱的感情收回了，然后与那镜面般平滑的湿沙滩浑然成为一体。当余波变成泡沫时，身体恐怕也顿居于海洋底下。

近岸的白浪大致有四到五成的波涛，总是同时昂扬，到达顶点又崩溃，然后融合退散，扮演着各自不同的角色。将碎去的波浪是橄榄色的，它起先听来像是蓄意捣乱的怒吼，可是渐渐地，怒吼变成哀号，最后又变成低泣，起先是奔腾的大白马，然后变成小白马，不久，强健的马身已经消失，最后只看见翻踢的白色马蹄留在那里。

愈往远洋，海色就亦增浓重，即使翻滚的波浪也被浓缩、被压榨，到了浓绿色的水平线附近，无限被煮沸的青达到坚硬结晶体的程度。这种装饰的距离与宽幅的结晶，正是海洋的本质。

海洋其实不是我们所看到的，波浪和丰富的变化只是表象。海洋的本质是什么？其实是呈现在远方如结晶一般的不动块状。

稀微的乱波尽头所凝聚的青涩凝结力，就是海的本来面貌。

想到这里,本多繁邦觉得累了,转移眼光,看向已经睡着的松枝清显,看见了细白美丽柔软的躯体和红色的短裤形成了鲜明对比。然后在此出现了贯串四部小说的重要联结:本多繁邦发现了松枝清显身上的三颗小小黑痣,在左乳下方,平常不会露出来的部位。

这三颗后来成为轮回重要证据的黑痣,随着关于海洋的浮思臆想首度出现。

《丰饶之海》有着明确的主题——时间及其作用。然而在要写一部"反小说"的野心中,三岛由纪夫也要突破日本文学"物之哀"的传统,海洋是他的重要象征工具。不断变化的时间是真实的吗?还是那幽微之处不变的固定结晶才是本体、本质?和轮回搭配在一起,松枝清显、饭沼勋、月光公主他们的一世一世,就像海洋的一波一波浪涛,每一世又对应了一个更庞大的时代变化现象,然而在这所有浪头后面还有什么吗?

海洋和性爱

《春雪》中和海洋有关的另一段,是松枝清显和绫仓聪子的偷情幽会,两个人第一次发生关系,就在海边。

第三十四章中,三岛由纪夫将海岸、海洋和性爱关系密切地缠结在一起,那样的激情描述明显是从《午后曳航》中脱化出来的。那是夜里,他们躲在渔船旁边,由渔船的阴影遮蔽着,既激动又害怕地摸索彼此的肉体:

> 他们一鼓作气径直抵达深海般的愉悦。聪子一心想把自己融化在黑暗里,但当她一想到这黑暗不过是渔船的阴影时,不由得感到害怕。这并非坚固的建筑物或者山岩的阴影,而是大概即将出海的渔船的短暂阴影。船在陆地上是不现实的,这确确切切的阴影也类似虚幻。她忐忑不安,深怕这艘已经相当陈旧的大渔船马上就会无声无息地滑出沙滩驶进海里。如果要追逐它的阴影,如果想永远藏在它的阴影里,自己就必须变成大海。于是,聪子在沉重的满足中变成了大海。

两人肉体结合时,聪子觉得自己变成了海洋。然而这是一个复杂的隐喻,聪子靠着渔船阴影的掩护,才敢于将自己献身给清显和他们的禁忌爱情,然而渔船应该属于海洋,不应该在陆地上,引发她想象自己所依恃而得到安全感的渔船随时可能出航,回归它所属的海洋,她必须追逐那阴影,除了随着阴影进入海洋,别无其他方法,于是在想象与肉体刺激的交织下,她成了一片海洋,释放了自己的欲望。

海洋带有高度的禁忌诱惑。激情过后,穿上了衣服:

> 清显坐在那艘渔船的船舷上,他摇摆着两腿说:"如果我们是被众人允许的一对,恐怕就不会那么大胆。"
> "真过分,你是不是正因为如此才这么大胆?"

聪子虽然说"真过分",但她当然知道清显说的是实话,她自己的感受和清显是一样的。

整部《丰饶之海》中明白的对比,是松枝清显代表的轮回和本多繁邦代表的线性时间,不过伏在底下的还有绫仓聪子,她也没能进入一次又一次重回青春的循环时间,她和本多繁邦一样留在会老去会衰败的时间中。从《春雪》的结尾处一直到《天人五衰》的最后,聪子维持着影子般的存在,她出家躲进了不受外界影响的空间中,她还是会老去,却又不像本多繁邦经历了重重的时代变化,那是一种折中的时间与岁月过程。

三岛由纪夫如此描述聪子剃度出家的景象:

> ……聪子净身后穿上黑僧衣,在大雄宝殿里手持念珠,双掌合十,住持尼用剃刀先剃了一刀,然后交给了一老,一老用熟练的动作接着剃削,这时住持尼念诵《般若心经》,二老也随和念诵:观自在菩萨行深般若波罗蜜多时,照见五蕴皆空,度一切苦厄。

聪子也闭着眼睛念诵起来,她感到自己的肉体像一条船,船货全被卸完,锚被收起。诵经之声像丰饶的海浪,而她已随风破浪而去。

出家时,在聪子的感受中,海洋再度出现,但此刻自己的肉体变成了一艘船,而且是货被卸完了、锚要拉起来的空荡荡的船,大海的丰饶与她无关了,海洋只是将她带出去、让她远离这个世界的一股力量而已。

和清显在一起时,她在欲望之中化身为海洋,然而现在却成了一艘空壳的船,一旦身体没有了欲望,时间也就结束了。

无限的青春

三岛由纪夫对这件事极其执着,近乎耽溺:人为何青春?为何年轻?该如何应对、利用青春?这对三岛由纪夫来说是巨大的谜,他反反复复寻找探问,最能说服自己的答案是:青春是为了让人感受欲望、放散欲望。人老去则欲望消退,没有欲望的身体变成了古怪、别扭的存在。

不过即使在青春时,人也不被允许得到完全的满足。于是在三岛由纪夫的作品中经常出现这样的矛盾:明明具备可以享受欲望的身体,为什么却没有得到满足?青春的身体很快必然要失去，对三岛由纪夫来说，最恐怖的人生现象是对青春的浪费。青春的身体有任何一刻没有沉浸在欲望中，有任何一刻身体与欲望分离，就是浪费，错失了好好利用这不会永远存在的青春的机会。

这是一个尖锐而沉重的三岛由纪夫论题，和我们一般的想法如此不同，因而在他的小说中带来如此巨大的冲击力量。

他在《爱的饥渴》中描写了一个守寡的女人，守寡的状态引发她的恐慌。她经常感觉：糟了，今天的青春身体竟然得不到任何享受，明天这个身体、这样的享受就要彻底一去不回了。另外一个相关的感受是，痛惜自己的浪费虚耗，必然对别人的欲望满足产生强烈嫉妒。

小说中的悦子被双重的嫉妒煎熬着。年轻时丈夫常好几天不回家，和别的女人在一起，后来丈夫染上伤寒几经波折死了。丈夫活着时她的生命是虚空的，丈夫死了她的肉体仍然是浪掷的。她必须面对自己的嫉妒，这成了她存在上的执着课题，从这里衍生出小说《爱的饥渴》的标题以及其中种种故事。

从这个角度看《丰饶之海》，我们会看到的是三岛由纪夫的豪奢，他写了三段或四段（看你如何认定阿透的故事）轮回，也就是三段或四段重来的青春，青春的身体拒绝老去，在老去之前就丧亡，再重新以青春之姿回来，有三倍四倍的时间、机会享受欲望、满足欲望。

将《丰饶之海》写成轮回四部曲，其中一个动机可能就在这里。一段生命再怎么丰富，都绝对不可能达到不浪费，所以要让同一个生命再来第二次、第三次，开发不同方式试验青春、尽力消耗青春，让青春不虚耗。

前面说过，《奔马》中清楚显现了，革命起义不是为了得到什么确定的结果，毋宁说是为了得到可以提早结束生命的借口，也就是可以拒绝老去的借口，在青春终止之前给自己一个光辉的死亡。这是对青春最极端的依恋，让松枝清显一再轮回转世，才能够使得青春不需要走到尽头，可以一再回返，如此才能知道青春的极限在哪里。

之前的作品，三岛由纪夫带着苦闷去探寻，受限于单一、个别的生命，困在有限的青春，找不到能说服自己如何不浪费的办法。终于到了《丰饶之海》，他抓住了轮回形成了信念：要想不浪费青春，那就必须不只活一次年轻时期，要在老去前就转世，一次一次体验纯粹的、没有被后来的老去老化污染的青春，穷究青春的体验。

一般人活一次的时间、本多繁邦的一生，松枝清显可以活四次，那不是四倍，而是无限倍完全不同性质、只有青春没有老去的生命。

关于轮回

"小五衰"中的一项是"天人"身上的光失去了。松枝清显、饭沼勋是那样自体有光的"天人",转世中化为月光公主,变得像月亮一样,只能够反射投到她身上的光了。那是一种冒牌赝品,看上去的光灿夺目实际上是借来的。第三部中的"晓寺"是人工人为的庙宇在破晓晨光中显得如此超绝,得到了似乎不可能属于人世间的美。月光公主的美、她的生命价值也是如此,不是从自己的生命本性由内而外焕发出来的,而是刺激了别人的感官欲望,将别人的欲望反射形成的。

本多繁邦、久松庆子这些人对于月光公主怀抱着浓厚肉欲,才使得月光公主带有那么强烈的感官之美,看起来类似自体有光的松枝清显和饭沼勋,但那毕竟仅止于类似。

从"天人"的角度看,这已经进入"小五衰"了。月光公主像月亮,如此光亮如此之美,以至于使人看不出来她自身其实是黯淡的,她不具备美好的本性,她是所有人欲望的集合体。

没有自体本性的月光公主,因而不能撑起和松枝清显、饭沼勋一样的主角分量。月光公主是被动的,而带有主体能动性的,是本多繁邦。再往下到第四部,依照本多繁邦认定的轮回运作规律,安永透是假的,牵连出更关键的问题:到这时候还有轮回吗?轮回到此是如何一回事?

所以第四部脱离了轮回的模式,要写拆毁轮回的悲观故事。

彻底的悲观，意味着到了小说最后结尾处，甚至质疑了自己过往写的所有内容。不只是"有过三世还是四世的轮回吗"，甚至是否有过松枝清显和聪子之间那份可生可死的爱情都变得可疑了。人对于自己的记忆，靠着回忆与偏见留下来的记录，能有什么把握，值得如此铺陈其意义吗？那会不会根本是一场自以为是、自己渲染出来的春梦？

或许这一切，我们追着看了四部的故事，不过来自本多繁邦的错乱记忆？三岛由纪夫真的要用这种方式，用近乎儿戏的残酷将自己费了那么大力气，写出了沉重感受与知识分量的内容，一笔带过都抹杀了？

当然不是。对于小说结束在本多繁邦和聪子的重逢对话，我的理解是为了否定终极的答案。本多繁邦还想到聪子那里取得关于轮回的证据，然而他最后的求真手段只能带来最后的失望。他可以去查各种数据，弄清楚有没有绫仓家，有没有松枝家，有没有一位年轻早死的松枝家青年，但这些都无从保证轮回。轮回外于这一切事实根据，也正因为轮回在事实之外、之上运作，我们才会受到那样的魅惑，试图通过轮回重新理解人生。

关于轮回的小说，不能将轮回点破、写死。轮回的价值在于其作为暧昧的道理、反事实的现象而刺激人们去思考、体会生命，那么关于轮回的小说，同样不能给答案，在最后不是肯定本多繁邦要寻找的答案，而是彻底取消了肯定答案的可能性。

反小说的小说

开笔写《丰饶之海》的时候，三岛由纪夫就表示他要写一部没有人写过的小说，因为这部小说是建立在"反小说"的意念上的。这样的话在那个时候听起来，很自以为是也很空洞，很难让人认真看待，毕竟我们知道有许多眼高手低、喜欢说大话的写作者都会建构一种说法，表示自己写的作品如何与众不同。

然而经历了四部曲、超过百万字的实践之后，我们不得不佩服三岛由纪夫的意志与能力。当他说"反小说"时，他确切知道自己在说什么，而且他还真的具备去实现"反小说"写作的意念与技巧。

三岛由纪夫对于"小说"，即西欧近代兴起、流行的小说，比许多评论者或文学教授理解得更深刻。他调查、研究过，近代小说基本上都是模仿生物的成长，以此作为小说理所当然的结构。从出生到成熟再到老去，这是生物的时间性根本，也成了长篇小说最自然的时间性安排方式。

西方现代小说起源处的一部经典，歌德的《威廉·迈斯特的学习时代》，那是众所皆知的"成长小说"，然而福楼拜的《包法利夫人》，或陀思妥耶夫斯基的《卡拉马佐夫兄弟》，或狄更斯写的所有长篇小说，又何尝不是"成长小说"？一个人、一个意念或一个事件在小说中出生了，然后在各种条件下成长变大，再发生了转折变化，最终走向结局，结局也就是这个人、这个意念或这个事件的消失。

三岛由纪夫认真找到跳开，甚至推翻西方长篇小说的写法，从根本的时间观着手写他的"反小说"。他不用线性的时间，而是改采用循环的时间来组构"反小说"。所以他需要轮回，那就是最典型也最坚决的循环时间表现。

不过这样的小说创作野心，和他人生这个阶段纠缠挣扎的死亡意志、死亡美学，是有矛盾的。如同在《晓寺》中显现的：轮回必然破坏了死亡的严肃性、绝对性，而那是死亡美学赖以存在的基础。

印度为什么会形成梁漱溟形容的"意欲反身向后要求"的文明？为什么在恒河边上本多繁邦看见死者被火化后就漂流在水上，和活人共享河水？因为对他们来说，死亡不是终结，而是生命进入轮回，回到由恒河代表的永恒时间中。现实不重要，一切都会不断重来，重要的是现实背后的永恒，他们总在看超越现实——比现实恒定的不变。

轮回信仰中，死亡变得如此平常，不值得大惊小怪，不过就像每天晚上人睡着了一样，进入不同状态，明天早上还是会醒来，只不过换了不同的意识身份而已。这当然不是切腹要显现的死亡意义。

三岛由纪夫在《丰饶之海》中遇到了两难。他选择轮回来摆脱西方小说的时间架构，但他又不得不摆脱轮回，才能够表现自己的死亡美学，完成死前的终极生命思考。所以他既夸耀华丽地展现轮回，另一方面却又保留了对于轮回的质疑。

轮回的颓丧

他刻意凸显轮回有不同说法。我们习惯"前世今生"的简单概念，这一世死了化为下一世，一世一世变化下去。小说也遵从这样的简单逻辑描写，松枝清显死了化身为饭沼勋，饭沼勋死了化身为月光公主，月光公主死了，是或不是化身为安永透。讲这样一个故事，说老实话，不需要复杂的唯识论，三岛由纪夫却从一开始就将唯识论编入小说叙述，一部分作用在于创造出陌生感，不要让读者觉得轮回很简单，我们都知道、都有把握轮回是怎么一回事。

他让读者留有印象，关于轮回有很多说不清楚的道理。然后他展现的轮回过程是：第一次轮回从松枝清显的华美高贵，对照产生饭沼勋的热情高贵；第二次轮回，这样的高贵性没有着落了，变成一场欲望与偷窥的闹剧；再到第三次轮回，甚至连闹剧都撑不起来了，看起来比较像是一个骗局。

一步一步堕落的状态，轮回的必然性被放入括号，在混乱中重新升起死亡意志的价值。三岛由纪夫明显地嘲弄自己小说中一直活着的本多繁邦，带点恶意地描述他那份要活下去的意志。本多繁邦告诉自己：必须继续活下去，才能看到下一次的轮回。然而这个理由愈来愈薄弱，甚至愈来愈荒唐，他见证、他经历的轮回变成了自我欲望的投射对象，再变成自己去强行捏造出来的对象，轮回只是他要活下去的借口罢了。

到第三世时，轮回生命的真实性就被质疑了。月光公主就已经被本多繁邦工具化了。本多繁邦太理性了，无法处理自身的非理性成分，于是将非理性投射在偷窥上，月光公主是他主要偷窥的对象。到第四世，那就干脆根本是本多繁邦自我意志的操控，找到了和他自己很像的安永透，中间有许多算计，为的是希望借由安永透再次说服自己：人世间不是那么理性，的确有轮回这样的非理性决定性力量。

他寄望阿透可以像松枝清显或饭沼勋一样对抗活着的理性。然而阿透却变成不死不活的奇怪现象。写到阿透进入本多繁邦家中、和滨中百子交往的这一段，我们读出了三岛由纪夫的不耐烦。他凝视着自己创造出来的本多繁邦，要用本多繁邦和阿透的不堪行为解决轮回的沦丧，重新将死亡带回来，重建死亡意志的尊严。

他要呈现如此清楚的对比：有一种像模像样、认真看待死亡的人，死得灿烂有光；另外有一种苟活的人，让自己愈活愈黯淡，愈活愈无趣。对照如此强烈，当然反映了三岛由纪夫此时的心情，他不愿做那样苟活的人，所以比预定提早了许多将《天人五衰》写完，确定了自主选择死亡的意义，确定了好好去死这件事比单纯活着有价值得多。

对死亡的热情

三岛由纪夫写了这样一份"双重遗书"。不过阅读《丰饶之海》却不太会刺激人们接受他的想法，产生想要终结生命、追求死亡的冲动。

因为他将死亡写得如此艰难。不是死亡本身，而是对的死亡形式，乃至于对的死亡理由。死亡不应该是一种忧郁、黯淡，只是为了逃离生之痛苦的手段，必须具备对于死亡的强烈热情，才能感应三岛由纪夫式的死亡。而且他不只是用抽象概念来表现，他写了极其生动、有着诸多复杂情节的小说；不只是用书写来表现，他还用自己的行动去实现那样的意志，意图示范那份意志的高超价值。

这不是能够模仿的，他几乎是刻意阻止读者产生模仿的冲动。作为"双重遗书"，《丰饶之海》却绝对不是会让人读得产生厌世之感的作品。这是了不起的成就，作者在小说中展现了死的绝对性、死的尊严，却没有减损生的意义与价值，没有要影响读者厌恶自己的存在。

《丰饶之海》没有创造自杀潮，没有听说什么人是读了《丰饶之海》后厌世自杀的。虽然三岛由纪夫显然不会喜欢这样的对照，但最强烈的对照还是和太宰治的《人间失格》，《人间失格》前后几次在日本形成阅读风潮，几乎都伴随着浓厚的集体厌世气氛。太宰治的作品确实会让人在那阴暗、窒息的文本中，感觉到活不下去，或不想活下去。

两者的根本差距在哪里？三岛由纪夫的小说让人觉得死亡如此艰难，不是技术上的艰难，而是追求、建立死亡尊严是何等严肃、庄重的事，需要许多主客观的配合。太宰治的小说却表现了：人要去死真是容易，如果活得不痛快、不耐烦，为什么不去死了呢？

三岛由纪夫要问太宰治不会问的问题："你有资格去死吗？"甚至在三岛由纪夫的标准下，太宰治没有资格得到像样的死亡、有意义的死亡，他如此轻视死亡，竟然选择投河自杀！三岛由纪夫对承载生命的肉体有很严苛且复杂的要求，死是绝对的，是为了要让肉体的模样被保存不再老化、不再败坏而去死。如果死那么容易，与肉体之美、与人为了自我肉体和时间对抗的意志无关，那么死也就没有意义了。

因此三岛由纪夫的死亡遗书，变成了奇特的励志文学，鼓励人必须坚忍活下去，要活得像樱花灿烂绽放，在那么美的情境中，你才有资格堂皇地死去。

他还要问对一般人来说很奇怪的问题："人活着能有什么配得上死亡的质地吗？"松枝清显的爱情定义了他生命的一切，爱情之花哗然绽放，于是他得到了足以配衬死亡的力量。连已经决定嫁给王子殿下的女人,他都敢让她怀孕,如此强烈的爱情冲动,给了生命足够的光灿辉煌,在那样的状态下去死,是对的。

饭沼勋有完全脱离现实的纯粹梦幻追求,提供了可以对得起死亡的质素。进而三岛由纪夫自己的死,也冀图反映、证明这一点,将自己一辈子的生死主张付诸实践。

马勒和川端康成

三岛由纪夫从死亡那一面,让我们体会了什么是生之条件。如果活不到那样的高度,找不到那样的意义,那就不只是赖活着,甚至也没有资格选择死亡,只能被动、卑微地等死亡找上来。一个人在死亡之前,总该先要有光,要先成为一个"天人",然后面对"小五衰""大五衰"。连"天人"都抵挡不住的衰败,发生在一般人身上,何其不堪啊!

"天人"的境界是:自己身上有声音,有光亮,有可以飞翔的超越空间,有一个能够清楚占据的天上位置。这样的"天人"才经得起"五衰"的侵蚀,在原本光灿的存在状态中,将时间暂时停住。

这方面,三岛由纪夫和川端康成又形成了另一组对照。川端康成小时候就成了"参加葬礼的名人",接连参加了父亲、母亲、姐姐、祖母等人的葬礼，到十五岁时，仅存的最后一个亲人——祖父也死了。这是一个被迫与死亡亲密相处的人，因而川端康成带有非常强烈的"孤儿意识"。"孤儿意识"不只是感觉自己在世上孤零零地活着，而且必然带来恐慌的意念：为什么独有我留着？这些人都死了，我却可能会成为例外地活下去？

对这样一个"参加葬礼的名人"，他绝对不可能将活下去视为理所当然。和川端康成一样，作曲家马勒也有着丰富的葬礼经验，使得他在音乐中不断探索死亡、表现死亡。马勒不只是小时候遭遇很多长辈去世，他一生中的不同阶段大致分配平均，持续都有亲人去世，到晚年连有的子女都比他早死。他必须面对死亡，寻找慰藉，尽量抚平对于死亡的恐惧。

对马勒来说，音乐最重要的就是对活着的生命的象征。所以他总是想办法要将所有的乐思内容塞进作品里，不理会正常结构中原本能负荷多少。音乐象征生命，所以希望音乐可以一直无限延长下去，而他也的确高妙地找出了种种有效延长音乐的手法。单纯从乐理上看，马勒交响曲中的大部分乐章，每段平均至少有十个地方可以结束，甚至应该结束。但他会舍不得、不敢让音乐结束，那是他的迷信，好像只要音乐继续流淌，生命就能相应地不停止，将死亡阻挡出去。所以他音乐每一次的结束都是不甘不愿的，到实在没办法之处，才终于收场。

他用音乐描述生命。植物的生命、动物的生命，然后第三乐章描述人的生命。但还要进展到天使的声音，再来是上帝的声音，将人包在中间，让人不那么孤单。人的生命结束后，还有天使、有上帝在绵衍着，以此来安慰自己不用害怕。

川端康成也活在恒常的死亡阴影中，但和马勒相反，他不断从死的那一岸或即将从生到死的离岸想象来看待生命。他的小说中潜藏着一份未言明的假设：如果这就是离世前的片刻，或这是你死亡后孟婆汤发挥作用前仅有的一点时间，以回看自己的一生，格外敏感的情境中你会看到什么，会感受什么？不是去延长时间，反而是压缩时间、浓缩经验中的时间。

川端康成擅长写瞬间、片刻，或许就是因为他将每一个小说中的刹那都写得像是死亡中对于生命的终极回望，让瞬间、片刻变得如此饱满。而他的饱满不是像三岛由纪夫那样的感官性，而是以暗示表现的。如同唯识论中铺陈想象的一段一段切片，每个切片自成一个宇宙，前面没有时间，后面也没有时间。川端康成借由小说将一片人生切下来，孤立起来，悬挂在那里。

以马勒和川端康成为对照，我们或许可以更清楚体认三岛由纪夫面对死亡的高度感官性，没有那么强烈的恐惧，也没有那样的一份惶惑或恐慌。

如何看待老去？

作为生命中的最后一部作品，《天人五衰》有一项逆反的特殊性质，我们竟然很难从这部小说中读出一个已经选择要结束生命的人的情绪。虽然他比预定的时间提前写完了作品，篇幅小于前面的几部，或许他简省了一些本来打算写进去的内容，不过我们不会在阅读中得到仓促之感。比起川端康成的《美丽与哀愁》或《古都》的草草结束，《天人五衰》是堂皇、冷静地铺陈了完整的收尾。

这位作者和我们一般想象会自杀的人很不一样。他身上没有忧郁症的迹象，他还能按照进度写作、修改，还能精神抖擞地正装前往自卫队基地。他也没有任何狂暴的迹象，带着武士刀进入基地营区，见到指挥官的过程中，他始终保持冷静，没有让接待的人起疑心。更明确的证据是他的小说，一个沉陷入忧郁或狂暴状态的人，是绝对不可能写出、写完《天人五衰》的。

从《天人五衰》中反映出来的作者，不是一个厌世者，小说虽然描写衰败与毁灭，但文字与叙事中，明明还有着温度，有热有火。那气氛不是阴暗晦涩，对这个世界没有任何热情的厌弃。

三岛由纪夫一直写到他要离开这个世界，他似乎仍然在心中拥抱这个世界，却用自己的手将生命从这个世界拉开。他并不是因为对世界失去了热情所以自杀，倒过来，他是出于对这个世界的特殊热情所以选择在老去之前死去，用一种他认定的辉煌仪式死去。

有助于我们理解他如何看待老去现象的，除了《丰饶之海》中的本多繁邦，可以参考他二十八岁时完成的《禁色》。这部作品从一九五一年开始连载，其间曾经中断了十个月，然后续完。

从连载到完成，三岛由纪夫做了一件任性的事。十个月的中断之后，他恢复了《禁色》的写作，却发了一个声明，表示有一个角色在前面死了，但她不能死，所以要改变这个情节，让她活回来。显然困扰他中断了十个月的，就是这个情节，写成却后悔了，他宁可破坏读者对小说的阅读信任，也一定要先回头修改了，才有办法继续写下去。

《禁色》的情节主线，是一位老作家的自杀，牵涉复杂的同性与异性情欲，是三岛由纪夫在《假面的告白》之后再次轰动日本文坛的作品，更明确地奠定了他的作家地位。

《禁色》带有高度的非写实性，小说中大量运用希腊神话，加上法国近代心理小说的写法，严密操控高度紧张的叙事，去呈现内在情绪的波动、挣扎。

《禁色》中的恶德美少年

老作家桧俊辅自我告白：他从小就是一个丑陋的人，很难体会肉体感官的情欲，但他同时鄙视精神，出于对精神的刻意反抗所以去创造出一种虚幻的唯美情境。那个唯美世界和他的现实有着再大不过的差距。在现实中,他承受了一个世俗眼中极度羞辱的打击:他的妻子不只爱上别人离开了他,而且和那个情人一起殉情死了。

中年屈辱丧妻之后,桧俊辅遇到了美少年悠一。认识悠一之前,桧俊辅迷恋上一位少女,发现少女和男生一起去度假,追查之后才晓得少女已经在家中安排下订婚了,悠一就是少女的未婚夫。然而在和少女独处之后,悠一向桧俊辅痛苦告白:他只喜欢男人,无法爱上女人。

老作家给他的建议是:"你这么俊美,一定会吸引很多女人,更好的是你不会爱上她们,于是你就具备特殊的生命力道,可以借由这样的权力去享受生命。你不需要去向未婚妻承认自己不爱她,你应该和她结婚,然后运用这份特殊条件,去操控女人,去创造她们的痛苦不幸。我会帮助你。"

少年被这样的恶德想法深深诱惑了。小说接着描述悠一游移在不同圈层中去实践他的恶德操控,而在悠一对女人的操控背后,另有一层桧俊辅对悠一的操控。

桧俊辅曾经被一位伯爵夫人勾引,掉进人家"仙人跳"的陷阱,因而饱受威胁恐吓。为了报复,他将悠一介绍给伯爵夫人,然而没想到竟是伯爵先爱上了俊美的悠一,原来伯爵爱好男色。有一天,伯爵夫人目睹了伯爵和悠一的情色关系,大受震撼因而自杀了。就是这段情节让三岛由纪夫后来反悔了,硬是在连载的后段改变了伯爵夫人自杀身亡的情节,让她回到小说中扮演可怕的角色,以揭发悠一的同性恋身份为威胁,破坏悠一和妻子,乃至和母亲的关系。

原本死了的伯爵夫人,以悠一情妇的身份回来了,帮助他排除关于同性恋的耳语猜测,同时也试图操控他、利用他。

这是奇情小说,但不是为奇情而奇情,而是在文本中不断闪烁种种暗示,提示奇情的生命情调来自一份匮乏、一份求而不得的遗憾。小说中看似最透明却又被三岛由纪夫写得最难理解的,是桧俊辅这位老作家。而且隐隐然这个角色和多年之后三岛由纪夫之死有着呼应关系。

青春与智慧总是不同步

小说《禁色》的第三十二章有很奇特的写法,标题是"桧俊辅完成的《俊辅论》"。桧俊辅写了一篇文章,抱持着给予自己"晚年定论"的动机,在文章中描述自己是一个什么样的人,写出了什么样的文学作品。然而小说这一章的内容又不完全等同于《俊辅论》,中间夹着显然不可能是桧俊辅自己写出的部分,将桧俊辅的自述与小说叙述者的声音刻意混杂在一起,从而产生了许多很有意思、充满暧昧的文句。例如用这种方式提到了桧俊辅最大的难处与痛苦,不是他个人的问题,而是每个人都要面对的。

> 造物者不怀好意，不使完整的精神和完美的青春肉体在相同的年龄中同时存在，而不成熟的笨拙精神总是住进富有青春气息的肉体里。但是不必因此感慨万千，青春本来就是与精神对立的概念，不管精神存活得如何长久，也不过是笨拙地描绘青春肉体的精妙轮廓。

人生最大的冲突在于：当我们能拥有青春肉体与感官感受之美好时，精神却尚未完全发展，只能在缺乏精神力量的空洞中浪掷了原本可以在生命中享受的深度；等到精神成熟了，那丰美易感的肉体却不再了，以至于只能用终于取得的智能来记录，甚至追怀逝去的青春。

不会有聪明的青春肉体，也不会有充满感性的智慧，两者在时间上宿命般地交错隔开。因此艺术要追求的，是近乎不可能的目标：要在沙漏中的沙落下来的瞬间就让它凝结不动，不会随时间消失。以分不清究竟是来自桧俊辅还是三岛由纪夫的语言来说，那是"行为"与"表现"，或"行为"与"记录"如何合而为一的关键问题。当我们行为时，我们不知道如何表现、如何记录，这中间有难以克服的时间差。

拥有青春肉体，却总是以愚蠢的方式，以没有思考、缺乏精神的方式行为着；等到懂得想要将青春肉体转化为某种永恒意义之美时，往往已经无法敏锐感受了。

小说第三十二章斩钉截铁地申说：单独一个人无法兼任"行为"与"记述"二职，然后进入第三十三章"大团圆"。在这一章中，悠一走到街上目睹了一场火灾，被人群奇特的激动搅扰了心情，于是他去看了一场本来不想看的电影，然后去找桧俊辅。

当年桧俊辅为了引诱他去享受那种恶德之乐，给了他五十万日元，现在悠一成功地引诱了一个更有钱的人，有能力可以将五十万元还给老作家。他当了不速之客，未经预告闯进桧俊辅家中，当时桧俊辅正在写作，很可能是在写最后的作品《俊辅论》，而且在心中自言自语：

> "再有一点时间就接近完成的阶段了，金刚不坏的青春塑像已臻完成，作品完成前那种兴奋、波动和无来由的恐惧，我已经很久没有体会到了，完成的瞬间、达到最高潮的瞬间，到底会出现什么呢？"

这部作品给他带来许久未曾感受的兴奋期待，却在此时，悠一出现了，直闯进书房来。桧俊辅没有表现出惊讶，拿来了白葡萄酒，一边和悠一喝酒一边说些悠一听来莫名其妙、听不懂的话，甚至让悠一觉得："这个老人到底在跟谁说话？是在跟我说吗？"

论死亡之高潮

悠一感受到桧俊辅的奇特热情，但那份热情似乎针对的是旁边另外一个看不见的、没有形体的悠一，而不是对具体、肉体性的现实的悠一而发。桧俊辅说：

"秋叶在这里，你在这里，葡萄酒在这里，这世界已无所欠缺。苏格拉底曾经一边听着蝉声，一边在清晨的小河旁跟美少年帕特洛克罗斯交谈。苏格拉底自问自答，又问又答，借着询问，以达到真理，这就是他所发明的寓言方法。但这种方法如果用在自然肉体的绝对美感上，是绝对得不到答案的。问答仍得在同一个范畴中，方可交互进行，精神与肉体绝无法对答。

"精神只能提出问题，绝对得不到答案，除了发问时的响应之外……精神不停地制造疑问，而且必须储存疑问，精神的创造力便是疑问的创造力，因此精神创造的终极目标便是疑问本身，也就是创造自然。这虽是极不可能的事，但是朝着不可能前进，却是精神真正的行进方式。

"精神换句话说就是企图将'零'做无限制的累积，最后达到'一'的冲动……美是无法到达彼岸的。不是吗？宗教总是将彼岸和来世搁置在距离的彼端，但是所谓的距离并不属于人类的概念，毕竟它仍然有到达的可能性。科学和宗教只是距离上的差异,六十八万光年那边的大星云也有到达的可能,宗教是到达幻影,而科学是到达技术,然而美恰恰相反,美永远只存在于此岸,没有距离,它存在于这个世界上,也出现于眼前,确实可以用手触摸,我们的官能便是能品尝其味的东西,亦即美的前提条件。官能确实重要,它能肯定美的存在,但是它却无法达到美的境界,因为根据官能的感受,只能到达表面的层次而已。

"我这么说,你还能接受吗?"

悠一听不懂桧俊辅在说什么,就像我们大部分读者第一次读到也不懂一样。悠一无法响应,于是老作家半似自言自语地继续说下去:

"美就是人类亲眼所见的自然,也是置于人类条件下的自然,在人世间,对人类进行最深切规约和反抗的就是美感。精神因美的从中作祟,片刻也无法安眠。

"悠一,这个世界上有最高潮的瞬间,就是世上精神与自然的和解,就是精神与自然交会的那一瞬间。它的表现方式对生者而言是绝对不可能的,生者或许能体会到那一瞬间,但却不能将之表现出来,这件事远在人类的能力范围之外。人虽然无法表现真正人性的终极状态,但也同时无法表现出人之所以为人的最高潮的那一瞬间。真正的问题是，表现和行为同时出现的可能性如何。

"谈到这一点，人类唯一能接受而且明白的只有死罢了。死只不过是一种事实，或者我应该纠正为行为的死亡就是自杀。人虽无法根据自我的意志诞生，却能依据自己的意志死亡，此乃自古以来所有自杀哲学的根本命题。但是在死这一方面，所谓自杀的行为和深知全面表现的同时性，其存在的可能性是毋庸置疑的。最高潮的那一瞬间非得依靠死来表现不可。

"我想我可以为这件事情提出一个相反的证明。生者所能表现的最高层次，顶多只是最高瞬间的下一个层次，也就是从生命全部的姿态中扣除 α，而表现乃生命加上 α，才能完成一个无缺的生命形态。为什么有这种说法呢？虽然在表现时，人仍是活着的，但是无可否认的是，生命从表现中被剔除，而表现者不过是伪装死亡罢了。人们是如何梦想 α 呢，艺术家们的梦中，也总是希望拥有它。生命稀释的表现，反而夺得表现的真正准确度……真是不可思议啊，上前来解救对表现感到绝望的生者的竟然就是美，而教人们断然地在生命的不真确中存活的，也是美。

"由此可知美已被官能及生命所束缚，因此人们应奉官能为圭臬，所以对人类而言，这一点使美得以合乎伦理。你能了解吧？"

死亡的"经验"

要如何注解这段话？还有，要如何注解三岛由纪夫在小说中写这段话的用意？

首先我们必须体会：三岛由纪夫是一位严肃的思考者，他没有任何故弄玄虚的意思。他不可能故弄玄虚，因为他最终依照思考的方向决定了自己的生死，认真、严肃到生死以之的程度。

这段话解释了什么是"精神"，"精神"就是持续的发问。只要生命存在，无论肉体的感受在一瞬间达到什么样的层次，那样的高潮顶峰都不可能维持，下一刻减掉了什么，就不再是原本的经验。下一个经验取代了前一个经验，并将前一个经验放入问题，无法在肉体上被证明，因为肉体感官已经被下一个经验取代了，于是只能在延续的精神中疑问：真的有这个经验吗？经验逝去了之后留下来的是什么？

变动的自然与持续的精神间，只有在一个状态下能达成和解。那就是达到经验的瞬间，不会再有下一个经验来干扰、污染。所以只有死亡的高潮是终极的，因为之后感官熄灭，不会再产生下一个经验，死亡保障了自身体验不被污染。

一般生者所建立的社会观念中近乎不可理喻的态度，却贯串、环绕着三岛由纪夫的作品。在西方哲学传统中相应有一句话,即维特根斯坦的当头棒喝:"死亡不是人类经验。"[1]经验和死亡是相反的,人要活着才会有经验,但死亡的定义就是经验止息,所以人无法经验死亡。依照维特根斯坦的提醒:如果有人试图以经验的语言谈论死亡,那必然是假的,人可以思考死亡,可以猜想死亡,却没有任何机会、任何可能经验死亡。

但三岛由纪夫站在维特根斯坦的正对面,他不只要从经验面探索死亡,而且认定死亡是最彻底、决定性的人类经验。对三岛由纪夫来说,无论你的一生曾有过多少经历,那些现实体验与记忆都不会是真实的。当下的体验,下一秒钟就消失了,你根本来不及记录,存在记忆里的已经是打折或扭曲之后的结果,都已经被后来的经验感染变质了。

这就是唯识学中的"熏""染",经验不可能纯粹,感官肉体再怎么美好、强烈,都只能在被后来的经验熏习之后,留下污染后的记录。行为与记录永远无法同时完成。

可以这样说:三岛由纪夫作品中念兹在兹反复陈诉的,就是和维特根斯坦辩论,反对"死亡不是人类经验"的说法。人能体会死亡,尽管死亡的下一刹那就失去了所有的意识经验,但反而正因此而使得死亡在时间上独立、唯一,不受任何后来新的感受影响,最为纯粹,可以最完整。

终极的纯粹与存留,对三岛由纪夫产生巨大的吸引力,并

---

[1] 与这句话最近似的原文是:"死亡不是生命中的任何事件。"(维特根斯坦著、韩林合编译《战时笔记:1914—1917年》,商务印书馆,2005年)

带来追索过程中的种种困难、挫折,但他继续挺进,直到在《丰饶之海》中得到了自己可以满意的表现。

三岛由纪夫的终极追求

一般认为三岛由纪夫《金阁寺》的主题是:太美的事物产生了太大的魅惑,为了彻底将之拥有,所以干脆将"金阁"毁了。但如果小说要表现的是这样的嫉妒与占有冲动,三岛由纪夫不需要写一部长篇,尤其不需要将战争设为背景。沟口烧掉金阁的行动中,反映了三岛由纪夫自身的困惑:要如何将死亡、毁灭当作一种终极的体验保存下来,让毁坏成为绝对的,在我的生命中不再被污染,不再变动?

在小说《午后曳航》中,少年产生了对于水手冒险生命的高度想象,然而想象后来酿成悲剧,主要是因为他无法接受能够如此冒险的水手竟然选择回到陆地上,让陆地上的平凡事物污染其原有的经验。

从我们自以为"正常",甚至自以为聪明的角度看去,三岛由纪夫当然有病,他在追求我们从来无法想象要去追求的纯粹的美,可以抗拒一切污染的美的感官经验。他如此认真,不只通过文学,还通过身体、通过剑道来努力逼近那份纯粹。

到了大约一九七〇年,写《丰饶之海》的过程中,三岛由纪夫体认了，或说被自己说服而认定了，要以其他形式的追求来取代死亡的终极纯粹，是不可能的。真的要得到刹那固定不变的经验，唯有自杀。他二十八岁在作品中探测的意念，其实一直跟随着他，他迂回地绕着，寻找可能异于桧俊辅的结局。

《禁色》中，桧俊辅发完那番议论后，找悠一下棋，一边喝酒一边下，然后说："哎呀，棋下输了，我去休息一下，应该是酒喝多累了，才会输给你，你也没有很会下棋啊！我睡一下，半小时后叫我。"

半小时后，他已经吃药自杀身亡，再也叫不起来了。他刻意安排自己如此离开人世，可以保存和悠一最后的关系，并且将那番议论作为遗言留给悠一。

多年之后，三岛由纪夫之死，在相当意义上，等于是这幕情节重演。从这个角度了解三岛由纪夫的小说，我们对于他的死不会那么意外，更能明了他长期的追寻。

我年轻时写过一篇科幻小说，标题是《温柔考古》，里面有一个设定：未来的那个世界里，用来装填经验的内存空间不够了，所以在死亡，即在内存无法运作前的一件重要的事，是选择一个画面，然后那个画面就在内存当机时出现，永远停留在人的意识里，你的意识不会再改变了，就只剩这个永恒的画面。

三岛由纪夫就像是一直在思考、寻找死亡瞬间的那份体验，视之为绝对的、永恒的。寻寻觅觅，最后却是选择去占领自卫队,在自卫队长官办公室里切腹,为什么是这样?

日本人如何看待死亡?

阅读三岛由纪夫的作品,尤其是读《丰饶之海》,不能以自己对生命的热爱与依恋——用三岛由纪夫的话说是"愚蠢的肉体感官"——作为前提。这将我们带回经典作品《菊与刀》,在设想以美国人为读者时,本尼迪克特特别凸显了日本人对待死亡的特殊态度,尤其是死亡概念中异于美国社会、西方文化传统的部分。

在战争中,美国人觉得日本人很奇怪,但换另一个方向看,日本人也觉得美国人很难理解。本尼迪克特引用的一篇日本新闻中,报道了美国一位船长被授勋表扬,理由不是他在战斗中的任何英勇表现,而是战败后他抢救了两艘船以及船上的士兵,也就是他成功地指挥船只和船员逃走。日本人觉得好笑,在战场上逃得好、逃得成功也能被表扬?

本尼迪克特对照了日本军队和西方军队的巨大差异。首先,日本人没那么重视野战医院、后方医院,尤其是在战场上,不重视救助伤兵。对他们来说,一个受伤的战士还要多拖一个人去保护救治,是荒唐的。

其次,据第二次世界大战中的统计,在战场上每四个美军人中就有一人投降；但和美国对垒的日本军队，军人投降比例则是一百四十分之一！而且这些投降的人中还有一部分是已经受伤，甚至昏迷了才成为俘虏的。

很明显的差异：即使在战争中，西方人的主要态度仍然是保存生命，至少一定要保存自我的生命，然而本尼迪克特惊讶地发现这样的态度在日本文化中竟然不是理所当然的。日本人不觉得生命如此重要，战斗的意志、战斗的表现对他们来说比生命更重要。

日本人认为：如果在战场上出于任何理由还需要被照顾，那算什么战士！那是一种怯懦、屈辱的表现，所以他们不会强调对伤兵的救治。日本人绝对不会同意"好死不如赖活着"这句中国俗语，他们花在思考如何"好死"上的心思，远超过本能地追求"赖活"；必须摆脱"赖活"，"赖活"只是最终换来"好死"的条件，以此才能成为武士，才是一个能得到基本尊重的日本人。

现在的大部分人，也包括现在的日本人，都是从负面的角度看待死亡的。死亡没有自体性质，不过就是活着的反面，是生命消失的状态，生命没有了被称为死亡，而不是另外存在着一样叫死亡的东西。不过以前的人不是这样看待死亡的，尤其是对传统的日本人来说，死亡有其主体，死亡是很有分量的，也因此死亡有许多种类，必须认真做出选择。

传统日本社会的构成

《菊与刀》一书中有一整章讨论日本社会的构成。尤其值得注意的是武士的角色。丰臣秀吉的历史地位有一部分就建立在将武士专业化这件事上。我们会强调日本文化上对中国的模仿、依赖,的确,"大化改新"时中国文化的辉煌先进远远超过了日本;的确,日本长期执迷于中国文化的成就;的确,日本从中国学习了许多内容。但另一面的重要事实是:中国的影响从来没有大到让日本放弃原本的文化,更没有真正改变日本的社会结构。

社会与文化互动中,日本形成了独特的层垒堆栈结构。日本人在历史中积极引进外来因素,但并不是取代原有的,甚至也并未和原有的文化充分融合,毋宁说是开发出一个新的空间,将外来内容置放、压叠在原有的文化上,如此而产生了日本文化的巨大矛盾现象。

最明显地,日本从中国引进了儒学与家庭伦理,却并未因此而同化消灭了原本极为发达的情色文化,于是在中国高度禁欲的伦理观念,到了日本却和裸露身体、表现情欲的现象并存。

本尼迪克特在《菊与刀》中也特别强调:日本一方面快速学习、模仿他人,但另一方面一直维持着保守的性质。照道理说引进外来文化,态度必须是开放的,愿意以新代旧,但日本不是这样，新的进来了，旧的却还紧紧保留着，让新的、旧的在不同社会阶层、不同生活面向上并列。

日本也是一个讲究忠诚却又经常动乱的社会。这也是根本的矛盾。忠诚是武士这个社会层级的信念，然而底下的庶民却怀抱着变动不居的生命态度。平安时代华丽纤细的贵族文化没有渗透、改变野性的底层；幕府时代的武士道、受"朱子学"东传影响建立的近代儒家伦理，乃至于后来从西方来的"兰学"也都没有。所以这些历史元素一层一层叠起来，后面的不会真正取代、消灭前面的。

看梦枕貘的《阴阳师》，稍微接触日本"阴阳师"的故事，也可以明白那是一种什么样的人鬼混杂状态，和中国文化中强调的"未知生，焉知死"的态度彻底相反。但在日本传统文化中，两者没有抵触，不需进行两者择一的选择，可以是在不同层级共存的。

相应地，日本社会结构有严格的层级。很长一段时间甚至接近印度的种姓制度，最底层有贱民，地位稍高一点的是商人，比商人高的是工匠，工匠上面是农人，然后再上面是武士，武士之上有大名、幕府，最高的当然是天皇家。如此一层一层，基本上都由身份决定，没有上下流动。即使是最高的幕府，像德川家掌握了全部的政治权力，仍然在身份上和天皇家隔绝开来，绝对不会想要将天皇推翻了换自己来当天皇。天皇的身份始终保存着，从来没有被挑战过，可以说是日本身份制度的终极表现。

身份隔绝观念的作用,远比我们想象的来得大。日本天皇"万世一系"的传承一直留到今天,尽管在历史上大部分时间中天皇都没有实际权力,却始终未被撤废。日本天皇并不是到今天才成为象征性的,基本上在漫长的历史中,从幕府政权成立以来,总共只有三位天皇拥有实质权力——明治、大正、昭和三代,如此而已。其他时候天皇都只是作为最高地位的象征存在而已。

丰臣秀吉建立了规范,将武士定为一种身份,武士不只是世袭的,而且专业的武士一辈子只做一件事——效忠服务大名。武士和社会上的生产工作全然无关,只依赖主人过活。而作为武士主人的大名,则是从封建分配的土地生产中得到资源。

幕府占据封建的最高处,以"将军"的名义严格看管其他大名。封建时期的日本存在着许多"关",那主要不是为了管控货物抽税的,而是要管控人,不准大名家的女人任意进出关卡。各地大名被要求半年在领地,半年在江户,以便德川幕府就近看管,避免长期远离权力中心不受监管而生出异心。大名人不在江户的半年间,家中的女人、小孩还必须留在江户,失去了行动自由,成为幕府的人质。

因此日本历史小说或大河剧经常凸显的重点是:封建时代有野心的男人,首先要对自己的妻子小孩残忍,行为上只要有风吹草动，作为人质的妻子儿女就可能被杀。

武士道精神

武士靠主人大名分给他的农户生产所得过活，其实他们能有的收入并不高，虽然有地位，但生活水平和一般农户差别不大，有很多穷武士。中下层人民普遍贫穷，使得日本社会惯行长子继承制，父亲的财产不足以平分给儿子们，只能全部交给长男勉强延续、累积。

财产、生活上没有太大差别，于是武士更需依赖仪式性的表现，来拉开自己和农民的地位距离。武士道就是种种内外仪式的总称。武士讲究随身佩刀，强调自己有权利夺取胆敢冒犯武士尊严的平民生命，终至连对待死亡都和一般平民有明显不同的姿态。德川幕府统治期间，同时也是武士道逐渐流行、武士道论述长足发展的时期。

武士道论述建立在一个简单的基础上：乱世中，所有人都贪生怕死，只有武士站在最前面不恤生死勇于冲锋，如此取得了武士的特权。武士的特征就在于面对死亡时不退却，如果怕死，那就在性质上和农民没有两样了。

农民敬畏武士，连带地敬畏他们不怕死的精神。另外，身份制之下农民无法转行，遇到困苦磨难时，他们唯一的解脱是去求助主人。上层封建主遇到农民控诉，最常见的做法是以负责管理职务的家老等人为牺牲，换掉，甚至杀掉这些人来平抚农民的怨恨，维持封建土地上的秩序。然而为了避免产生鼓励农人上告扰动的效果，在惩罚家老时，也一定会以犯上名义惩罚出面控诉的农民。于是在农民阶层逐渐建立了一种心态，生活最困苦艰难时，必须有愿意自我牺牲、不怕死的代表为众人去向大名告状，这种人成为受崇敬的英雄，连带地农民阶层也高度肯定勇敢赴死的态度。

几百年中，日本社会和死亡之间有了很不一样的亲密关系，对于死亡的思考乃至于歌咏，渗透在日本文学中，形成了一个由三岛由纪夫继承的巨大传统。三岛由纪夫的贡献是将这个传统中不怕死，甚至推崇死亡的态度向深度推，叩问死亡为什么那么重要，正视死亡对于人活着会带来什么意义。

他最重视的，是吊诡地认为死亡可以抗拒时间。本多繁邦代表的是正常的时间之流，或说在时间中的流转，必定是从少年到成年，到中年，到老年，呈现了世俗生命的无奈，代表了我们绝大部分的人。

印度教、佛教中的轮回观念，原本是为了解释现实中的不公正：好人不会有好报，做坏事看起来不必然会有坏结果。轮回将果报拉长，这一世的享受原来是轮回前世的业所带来的报酬，这一世所行之恶因而也必定会报在轮回下一世，如此保住了人必定要为自身行为善恶负责的逻辑，让人愿意求善避恶。

然而三岛由纪夫将轮回从这种道德果报的解释中拔出来，强调轮回本身的意义，轮回本身就是目的，在轮回中得以离开时间的消磨，轮回是一种对抗时间的昂然姿态。

轮回对照下，像本多繁邦那样在时间中必然颓败、老化，接受时间的种种折磨，何其不堪！和时间的酷刑相比，死亡非但没有什么好怕的，甚至展现出难以逼视的美与高贵。

义理社会

本尼迪克特从西方社会的经验中对照看日本，看出了另外一个似乎矛盾的现象——日本人行为上高度讲究礼仪，表现得很恭敬，却又强调复仇，尤其是可以为了别人的一点点冒犯就诉诸严重的报复手段。

从美国人的角度看，对人礼貌必定是性格中有相当柔软的部分，才能经常表现出恭敬的态度，但挺身追求复仇却是极其刚强的，很难想象两者同时存在于一个人的个性或处事原则中。

但在日本文化中，这两者完全不矛盾，统合在他们的社会"义理"观念下。"义理"或"义"的根本，就是一个人是由如何和别人相待来决定的，领受别人的"恩"或从别人那里得到"怨"，都必须回报。

人一生下来，父母就对他有恩，所以要报父母之恩；推扩去看，天皇也对他的存在有根本之恩，所以要以效忠天皇来报恩。这些需要报恩的关系，组构成重重的"义务"，日本人活在义务的网络中，有没有尽到义务，成为别人评断你生命价值的最主要依据。义务只能接受，不能质疑，是人活着的基础。

报仇是义务的一环，被侮辱时不存在要不要报仇的选择，因为对方不只伤害了你个人，同时必定伤害了你的名字、你的地位、后面所有附随在你身上的关系，你不是、不可能只作为个人，为自己而活着，这些集体关系要求你去报仇。

"义""义理""义务"这些名词虽然从中国传过去，但日本人的伦理观念和中国人很不一样。"仁"在中国思想中总是与"义"相提并论，被视为比"义"更重要、更高贵的素质与原则，但相对地，日本人将"义"看得很重，却不强调、不凸显"仁"。

"仁"在字形上由"二人"构成，指的是人与人之间相处互动的根本道理，在中国儒家思想中，主要是相对责任。孟子说："君之视臣如土芥，则臣视君如寇雠。"就是"仁"的相对实践；"仁"在"义"上，就表示有更高的原则评断关系义务是否成立。

没有"仁"压在"义"上的日本观念，因而要比中国的伦理规约严格、严重得多。"仁义"二字传入日本，在日本书中变得不完全是正面的，通常用来指"义"或"义理"的例外状况。应该无条件服从领主的武士,却因为对妻儿的不忍而做了不同的决定,那叫作"行仁义","仁"介入干扰、改变了原有的"义"。

所以对中国人来说不可思议、无法理解的,是日本人会用"行仁义"来形容许多绿林强盗。这些人像中国的"游侠",为了信守然诺,或为了尽到朋友的道义,违背了其在社会上原有的角色责任,那叫作"行仁义"。

身份与义务

本尼迪克特特别强调日本文化是"耻文化",受辱羞耻在日本格外重要,比在中国都要重要。中国也没有西方基督教式的"原罪"观念,然而儒学尤其宋明理学中高度重视内在良心、良知的自我判断,毕竟仍然保有内在之力,所以在王阳明心学流行的明朝,出现了许多看起来惊世骇俗的知识人,他们坚持自己认定的是非,绝不屈从于当权的宦官威吓。这部分相对在日本价值观中没有那么深刻的影响,因为和日本底层的传统文化有所抵触。日本封建社会的身份制下,个人没有那么大的良知独断权力。

在中国,羞耻也是维系社会表面运作不脱序的重要因素,然而像王阳明的"致良知"则强调人可以抵抗羞耻,抵抗别人所论断的是非对错。在西方尤其强调上帝的最后审判凌驾一切世俗的意见，具备终极的真实性、终极的权威。

在日本，别人的评断如此重要，而社会的评断标准就是看一个人有没有尽到"义务"，有没有完成身份中规定他应该要做到的。疏忽了"义务"必然会招来异样的批判眼光，作为一个人，在关系间的角色最重要，忠于家庭、忠于领主，到后来忠于公司、忠于天皇，人被巨大的义务关系网络牢牢限制着。

每个人都有清楚的身份，最不堪的是没有固定身份在社会上游离的人，甚至没有人敢接近。每个人都要照自己的身份行事，他人对你的身份都有清楚的"义务"认知与要求。

去看一下弘兼宪史的"岛耕作"漫画系列。都已经到了二十世纪末，这部作品刚开始连载时叫《课长岛耕作》，然后变成《部长岛耕作》《取缔役[1]岛耕作》《常务岛耕作》《专务岛耕作》《社长岛耕作》《系长岛耕作》《会长岛耕作》，那些头衔仍一定要挂在名字前面，不只显现了这段时间岛耕作在公司的层级，同时显现了漫画要描述的内容性质。

在台湾，同样都叫作"副理""经理"，在不同的机构、单位里地位可能很不一样，工作性质也可以天差地别，每家公司都可以自己任意取头衔印名片，在日本可不是这样。在日本每个头衔都是个明确的社会身份，附随大家共同认知的行为"义务"，没有那么多的个别差异空间。

---

1 取缔役：董事。

弘兼宪史在二十世纪八十年代画出《课长岛耕作》，重点在于质疑日本企业制度中的僵化，岛耕作是一个不太遵守课长规范的人，反而才对公司做出了最大的贡献。弘兼宪史要凸显的，是企业应该给这些底层干部多一点自由发挥的空间，日本最大的问题就在于一切都照规定行事，严重缺乏创意与应变能力。

不过这个意外成功的故事继续画下去，到《取缔役岛耕作》其实就不可能维持原有的精神了，因为就连弘兼宪史的想象力都突破不了现实，做到董事职务的人不可能还有什么自由、创意的空间了。

和《课长岛耕作》大约同时期，九十年代，有另一部职场漫画，叫《恶女》，主角是一间公司中最没有地位的底层女职员。这位田中麻理铃变成了公司里的"恶女"，但其实她从头到尾都没有做任何可恶或邪恶的事，她只不过是不懂别人预期她在这种身份、这种地位上该做的事，经常脱口说出不该说的直话、大白话，横冲直撞做了不该做的鲁莽行为。到后来大家都被她搞昏了，公司反而出现了原本没有的活力与成就。

一直到今天，日本大部分的公司职员，拿出来的都还是制式千篇一律的名片，没有特别的设计，而且也不会有什么奇怪的头衔，课员、课长、部长、主任……仍然按部就班排下来。"老师"（せんせい）仍然是一个正式、明确的尊称，不像在台湾、大陆任何人都能称"老师"。"老师"一定有与"老师"相称的资历，也一定有称得上"老师"的样子与行为。

禁忌的同性之爱

日本一直都存在着巨大的社会控制能量，没有人能自外于这个网络。三岛由纪夫在日本的社会环境中，长期有着身份不明的暧昧潜在悲剧性质。他从小是一个不像男生的男生，无论在身体或心灵上都相对脆弱，别说要在体育活动中得到成就，往往他甚至根本无法参与。这种性质清楚地记录在他自传性的小说《假面的告白》里。

他很敏感，能够感受别的小孩感受不到的刺激，也就会感受到别的小孩感受不到的伤害。成长中他累积了很多痛苦，为了逃避凸显自己的脆弱，所以到文学中寻找庇护，借由人家肯定他的文学成就来取得安全感。

连他和文学间的关系都带着紧张：文学一方面让他被世人看到，另一方面又让他得以躲避。人们通过文学认识了三岛由纪夫，却也因而忘掉了还有一个原来的平冈公威。从小他得到的周遭大人的评语总是：这个孩子怪模怪样的，但写出来的东西却很厉害。

他的"怪模怪样"就包括了特殊的性倾向。他很早就发现自己迷恋男色，尤其是男性阳刚的肉体对他形成了最大的吸引。受到日本社会的压抑，他的性倾向表现为迷恋男色，却不曾真的和其他男人有爱情或肉体关系。而且他还刻意维持了"正常"的婚姻与家庭外表。他一直让对于男色的渴望保持为文学上的想象，而不是现实生活的反映。

从《假面的告白》到《青色时代》到《禁色》，他的小说中对于男同性恋有很露骨的描述，但那似乎正是因为不能在现实中寻求男色满足，才在文学里进行的发泄，用想象书写来满足对于男色的迷恋，才能维持自己的"正常"生活。

他到了三十岁之后去练剑道，认真打造自己的身体，又和一位也迷恋男色的摄影家细江英公合作拍了一系列照片，取了"蔷薇刑"的标题，主视觉照片中三岛由纪夫嘴巴里含着一朵蔷薇，意象极为诡异。

三岛由纪夫小时候是一个虚弱的男孩，反向崇拜和自己完全不一样的男体，类似西方古典雕塑中的那种体型。小说《禁色》中出现的悠一，正是依照这种典型描绘出来的，高大、轮廓清晰、在健身房中锻炼出的体型，女人会对他的外表立即眩惑痴迷，可是偏偏他不爱女人，他最爱的是由自己的身体所象征代表的那种男人。

悠一的态度也是这段时期三岛由纪夫的态度——无法去爱恋男色对象，就将那样的禁忌情感转成自恋，努力将自己打造成原本羡慕追求的那种身体外貌。原本的冲动是向外寻找弥补自身匮乏的补偿，现在转而向内去创造、加强自我男性阳刚性质，于是爱恋者与被爱恋的对象合而为一。

《禁色》中的桧俊辅本来喜欢和女人勾勾搭搭，喜欢诱惑美少女出游，但到后来他的欲望也随着对自身匮乏的认知而改变了，最严重的匮乏是自己的青春不再，于是他爱上了悠一，以悠一为自我男性青春的补偿。

"像样"的男人与赝品意识

三岛由纪夫决心将自己塑造成年轻时会羡慕、爱恋的对象。他坚忍地上健身房，坚忍地训练剑道得到长足的进步，发挥了极为惊人的意志力。剑道和武士道结合，特别强调承受痛苦的纪律。人到中年还能在剑道上有成，从精神分析的角度看，那可能是被压抑的性欲转型迸发出的力量吧！

迟来地，三岛由纪夫成为一个"像样"的男人，以非常男性化的模样呈现在社会集体眼光中。在此之前，他躲在文学作品背后，作品受重视给他带来不安，他害怕站出来时被人家质疑：写出这种作品的竟然（果然）是瘦弱、苍白的人啊！将自己重新锻炼出"太阳与铁"的外表性质之后，文学不再是逃避的遮障，相反地，他借由文学吸引目光，享受其他人对他的羡慕，转成更大的自恋动力。

经过这样的转折，三岛由纪夫的自我认知改变了，却也带来了新的困扰。他毕竟是一个称职、有品位,也有严格自我要求的小说家,他不愿,甚至不能写肤浅的小说内容,小说必定要挖掘人的心理内在,摆脱表面的单纯描述,去追索别人看不见之处的挣扎与怀疑。

表面上,他变成了阳刚的男人,但文学的追求却又使得他无法不去凝视、挖掘自己的挣扎与怀疑。尤其是他的成长过程,他和男性气质、男性角色的搏斗,在他心灵上留下了许多挣扎与怀疑。他无法摆脱这份不安全感:新的阳刚形象是真的吗?自己真的摆脱了孱弱,还是孱弱才是本质,或许自己只不过忍耐了一切,纯熟了演技,能够骗过够多的人?

这就牵涉《天人五衰》的主题:赝品意识。《丰饶之海》的轮回故事设定了四个转世有四种不同人格特性,从贵族感性青年松枝清显转世为莽撞的带有强烈理想冲动的饭沼勋,再转世为激发情欲的少女月光公主。到第四世,更戏剧性地让主角变成了一个庸俗的人,庸俗是他身上最大的特色,也呼应了战争结束后的日本社会。

然而从写饭沼勋和阿透,我们可以清楚感觉到三岛由纪夫的偏爱,他当然认同前者而对后者感到不耐。依照设定,这么一个庞大的轮回故事将会结束在阿透身上,三岛由纪夫愈来愈感到难以忍受,于是做了一项重大改变决定——要让本多繁邦怀疑阿透也许是假的,不是真正轮回转世,而是被误认的赝品。

如此而给他自己的写作过程带来了高度危险。在那半年多的时间中，他等于每天活在对于假冒与赝品的思考中。一边写假冒的阿透，一边不得不随时意识到另一个假冒男人、假冒阳刚的自我，进而怀疑《丰饶之海》小说里的认同与投射，会不会也都是假的？

深具舞台意识的自杀铺陈

《丰饶之海》要写不断重来的青春，每一个转世者上场时都不到二十岁。然而书写的作者三岛由纪夫很明显地已经四十岁了，等于是两段轮回的年岁，他的真实生命不是再次重来的青春，毋宁比较接近延续的、会老去的本多繁邦。

三岛由纪夫只活了四十五岁，来不及进入生命的老年，但奇怪地，他在小说作品中写了很多老人。源自对青春的执迷，他具备了看穿老化老去的惊人洞见。尤其是老去与自由间的关系。

在日本社会层层"义务"的捆绑下，每个人对父亲、母亲、兄弟姐妹、长辈邻人有诸多责任要照顾，当然无法自由。自由成了这个环境中最珍贵、最难拥有的资产。什么时候人才能获得自由？年轻时的三岛由纪夫就看穿了：唯有老去了，像是媳妇熬成婆一般，爬到了责任结构的最高处，你该尽责的对象陆续都走了，只剩下欠你的那些人，你才有自由。然而熬到那个阶段，人的身体与精神却都已经衰耗到无从享受得来如此不易的自由了。

三岛由纪夫在日本老人，尤其是老男人身上看到了一种误用、滥用自由的风息，他们将自由用在换取限制别人青春的权力上。他们没有激情，没有敏锐的感知，甚至没有感知力，还能如何？他们无从珍惜自由，只有在看到青春欲望时产生嫉恨，阻碍年轻人得到自己当年得不到的自由发泄而已。

三岛由纪夫敏感地碰触到了日本人时间感中的一份空虚。即使同样强调人伦义务，一样赋予父亲、祖父强大的威权，中国文化中却特别凸显家系、族谱、祖坟的重要性，让人的死亡不会是彻底的完结。中国人的信念是：只要留有子嗣成了祖先，你的生命就有不被时间消灭的意义，你是这不断流传下去的世系中必要的一环，一定会留下记录。但日本人没有同样的信念，对他们来说，一旦曾经有过人伦义务关系的人都不在世上了，生命与记忆就彻底消失，没有上帝也没有族谱家系可以保障长生。

日本人的实存感中带着虚空的悲剧性。老人自觉愈来愈接近那终极的消失，当他们取得自由时，内在的恐慌却使得他们不知如何应对、如何运用这份自由，因而显得猥琐、卑鄙。

三岛由纪夫年轻时早早就看见了这一点，但接下来的时间中，他不得不面对，生命必定会将自己一日一日推向愈来愈接近那种猥琐、卑鄙的老年情况，该怎么办？

他选择拒绝接受。以强烈意志力阻止自己的外表变老，将自己的肉体尽量维持在年轻的状态下。然而他的敏锐知觉却不断产生底层的怀疑：这种抗拒时间的年轻是假的，不老的外表是骗人的，也就存在着随时可能被拆穿被看破的窘迫、羞耻威胁。

除非在这之前，以让人永远难忘的方式结束生命，既停止了老去的威胁，又解决了最终彻底消逝的空虚悲剧。

三岛由纪夫写过剧本，开创过"现代能剧"，自己也登台演出，更参与过电影的编导拍摄，他具备清楚、强烈的舞台意识。

自卫队就是他选择的舞台，切腹与介错是他的戏剧性演出，他故意在一个跟他没有必然关系、没有人伦或社会"义务"联结的地方惊骇世界地走向死亡，让观众奔走探问："三岛由纪夫怎么了？他为什么要做这样的事？"如此他就离开了那个猥琐老年与终会被遗忘的人生宿命。

与青春共殉

一九七〇年十一月二十五日，三岛由纪夫怀抱着热情与爱走上自杀之路，正因为他仍然具备热情与爱，所以他不能活下去忍耐自己老去。借由书写《丰饶之海》，他想清楚了：死都没有老去来得糟。如果不死只能成为像本多繁邦那样连欲望都变得猥琐不堪的老人；如果死了，说不定还能轮回转世，再来试验这个可以感受欲望的身体。

相较于三岛由纪夫，我们绝大部分的人，可能是百分之九十九的人，都没有足够认真地看待自己的青春——那份年轻身体所赋予的人与欲望间的激烈关系。但要如何才能不虚耗青春，要如何在牵涉欲望时不落入庸俗的动物性？三岛由纪夫在小说中写得如此之美，但绝对不能、不应该被复制的，是殉情或殉死。

在《厌倦做人的日子：太宰治》中，我比较详细地介绍了日本文化中的"心中"，即一般认为的殉情观念。相较之下，三岛由纪夫显然扩大了"心中"的意义，殉死的主题不是一男一女为了不容于人情义理的爱情去死，而是为了抽象的青春，为了阻止老去，选择与青春共殉。

情愿放弃生命来阻止老去，表示了彻底无法忍受老年的态度。吊诡地，抱持这种态度的三岛由纪夫在自身进入老年之前，就对老去的生命与肉体有着极度尖锐的洞见，这样的洞见促使他、说服他不要等待岁月，宁可亲手结束生命。

在《晓寺》中，本多繁邦进入中年了，被三岛由纪夫写得很不堪。但那样不堪的描述并不是刻意丑化，而是从和青春的对照中彰显出来的。本多繁邦以偷窥来延续、遂行青春不再的欲望，这让我们想起《午后曳航》中也有偷窥的场景，而且是小说的开头，阿登上场的方式。重点不在于偷窥行为本身，阿登偷窥自己的母亲和男人做爱，不会比本多繁邦偷窥月光公主与庆子的同性爱抚行为来得更容易被接受，关键在于偷窥引发的反应，对照出一个是开阔的，一个却是茫然没有去处的。

三岛由纪夫对于老年的厌恶，还反映在《天人五衰》的写作过程上。《丰饶之海》是在《新潮》杂志上连载发表的，《春雪》从一九六五年九月开始连载，《奔马》是一九六七年二月接续连载，《晓寺》在一九六八年九月登场。从第一部到第二部，花了一年五个月；第二部到第三部，花了一年七个月；第三部到第四部，一年十个月。

三岛由纪夫很年轻时就成为专业作家，写作的方式基本上是边写边连载，连载多久大致就写了多久。所以我们可以想见，从一九七〇年七月开始连载的《天人五衰》，开笔写作的时间不会早于这一年的四五月。然而到这一年的十一月二十五日，三岛由纪夫就离开人世了。

前面提过，他原本预计一九七一年十二月才会完成《天人五衰》，却用令人惊讶的两倍速度赶写了这部小说。不只是如此赶赴自己的生命终点，而且是因为他一方面忠于自己写小说的专业标准，仍然以华丽深思之笔追摹本多繁邦的老年生活，但内在对于这样的题材愈来愈不耐烦，刺激他写得更快。虽然小说本身未表现仓促之感，但毕竟写成了四部中最短的一部。

书写《丰饶之海》的过程中，传来了川端康成获得诺贝尔文学奖的重磅消息。这对于三岛由纪夫如何面对未来岁月也有很大的改变影响。

很长一段时间，三岛由纪夫是国际上最知名的日本作家，然而他非但没有成为诺贝尔文学奖得主，还在川端康成得奖过程中，被拿来作为对照。如果说川端康成是以"最日本的小说家"而获得殊荣，那不就同时意味着三岛由纪夫不够日本？对比下，他被很多人刻画为一个讨好西方品味，却反而被西方跳过不选的作家。这对心高气傲的三岛由纪夫当然是很大的伤害。

那几年间发生的另外一件事，是他学习剑道有成，在一九六八年取得了五段资格，被确定为剑道高手。虽然剑道讲究"气"与"势"，大部分练剑道的人还是从小就开始练习，在二三十岁到达巅峰状态的。三岛由纪夫小时身体虚弱，却又心绪敏感，看起来比较像小女生而不是小男生，经常被雄性阳刚的同侪排斥，甚至霸凌。早年他明显表现出对剑道以及学剑道的人的厌恶，反映了这种不愉快经验的冲击。这样的人竟然在过了三十岁之后，回头寻找自己年少时憎恨的剑道，并且坚持锻炼，达到五段资格，创造了新闻话题。

升至剑道五段后，他主导成立了"盾会"。"盾会"一部分的性质就是剑道同好会、训练所，三岛由纪夫以剑道五段的资格担任老师，聚集了一群年轻人立志复兴日本传统精神。

他将他的精神与力气逐渐从进行式的文学创作，转向准备为解决日本"战后空虚"而投注自我生命的完结仪式。

大战过后的创伤

德国作家雷马克写过一部最重要的战争小说，也就是最经典的反战小说《西线无战事》，小说中记录了第一次世界大战时年轻生命如何在壕沟中被浪掷的情况。他还写过另外一部对战争提出同等尖锐批判的小说，叫《西线归来》。

《西线归来》小说中的人物，在十八岁被征调上战场，德国战败后从战场上退下来，其实也不过才二十岁。然而在青年期的关键两年间，他们目睹、亲历了暴力与死亡最极端的表现，而且随时处在死亡边缘，靠着让自己退化到动物本能反应，也就是剥除了自己的人性，才得以存活下来。

所以每一个战后回到德国社会的人，身上都烙印了一种特殊人格，使得他们难以重新恢复和平生活。他们曾经如此热切期待、向往和平，然而真实的和平，尤其是战败状态下的和平，却必然使他们失望。

在和死亡搏斗时，会认为和平是崇高的目标，可是真的有了和平后，和平又是什么？和平只是战争结束、没有了战争的状态，除此无他。原本想象中和平的光环都消失了，想象具备的意义都没有发生，之前发生在你生活中的众多事件，现在都不会再发生了，如此而已。

从战场回来的二十岁青年，不可能听得进父母任何话，他们有了远比父母来得丰富的人生阅历，还能从父母那里学得什么道理？一个回家的青年，抓了邻居的一只大公鸡，呼朋引伴邀人一起来享用，他父母气急败坏，要求他去向邻居认错道歉。他觉得莫名其妙，更觉可笑，才不久之前，他们在战场上做了好多比擅自抓人家的鸡严重千百倍的事，怎么可能接受对抓鸡杀鸡一事大惊小怪？

他们是战争后期被动员的，当时还没从学校毕业，现在他们要再回学校去。但他们如何在学校里待得住啊？当年灌输他们德国多了不起的老师没有上过战场，不曾为德意志的光荣付出那么大的代价。老师出题目："战后德国如何复兴？"学生的反应是："你凭什么问这个问题？"

师生间决裂了，复员的学生去向学校抗议，他们浑身留着暴力的气息，让人害怕。学校让步了，让他们自己决定考试的范围，只需准备那个范围就好。他们得寸进尺，将学校的立场解释为：学生自己拟考题，考试就只考那些题目。学校最后还是答应了，于是他们都从师范学校毕业，取得了教师资格。

但他们要如何当老师呢？他们最了解的，甚至在身心方面都排除不了的，是战争，但在战后环境中，最不需要他们教、最不能教的，就是战争。他们个个适应不良，出了种种状况，从教师的职位上离开。

另外，战争当中部队里存在着森严的上下阶级关系，战后军事阶级变得全无意义了。这些原来的士兵听说之前的一个长官开了酒馆，就带着报复、挑衅的心情结伴而去，准备要在没有阶级限制的新环境中好好修理曾经苛待过他们的长官。到了那里，他们看到的却是一个勤勤恳恳、热心待客的酒馆主人，认出他们之后，客气地请他们喝酒。当被质问过去在军队里的事时，他姿态再低不过，扮出一副不知道、彻底忘掉了的模样。

他们太失望了，也不知道该怎么做。战争中欺压他们、不可一世的那个家伙不见了。眼前这个人，到底还是不是我们要来报复的对象？现在揍他一顿，好像不再能带来那种快感了，那么我们过去所受的欺压委屈要去哪里讨？以前不能反抗他，现在他换上那么卑微的态度，变成了一团棉花，让人找不到施力之处，更不会有施力发泄的效果了。

不能适应战后的社会，有人甚至决定回到部队里。但军队也已经不是战争的那种组织了，不再打仗、不用面对死亡威胁、近乎无所事事的军队生活呈现出一种超现实的荒谬。军队里的人此时会斤斤计较一些琐碎到不可思议的利益，过去在生死一线挣扎激发出的所有重要、高贵的性质统统不见了。

他们是战场上的幸存者，应该庆幸自己活着回来，但回到战后的状态中，却让他们愈来愈不确定：活着回来会比较好吗？会比较轻松或比较有意义吗？他们想象的那种幸存回归，其实永远不在了。

《西线归来》中的叙述者"我"去到小时候成长的原野上，看到了那一片田园，感受已完全不一样。他的一个朋友的妻子有外遇，朋友要离婚，妻子却不接受，对她来说，那是战争所带来的错乱，战争过去了，错乱也就跟着过去，她要回到原来的家庭状况。但怎么回去呢？

这部小说由众多零碎的片段组成，每一段都反映了"战后"精神创伤的一个面向。有那么多段落，因为创伤如此普遍，如此难以处理。

日本战败后的态度

三岛由纪夫面对的是第二次世界大战的战后创伤。

"二战"之后去到德国的人，都注意到一个特殊的情况——德国人如此沉默，甚至连众多人口聚居的大都市，街道上都是安安静静的，安静到诡异的地步，好像那一个个人影都不是真的，是没有重量飘过去的幽灵。

德国人被强烈的罪恶感压得说不出话来。不只是战败，还有被挖出的屠杀六百万犹太人的暴行，德国人无言以对。他们说任何话，都可能被看成是自我辩护，连他们自己内心都无法接受做出这种事情的罪恶。德国是清教国家，是最典型的"罪文化"社会，他们只能对战前与战争保持彻底沉默不语，在一种近乎集体精神疾病的状态下，高度压抑，将精神都耗费、发泄在工作与经济发展上。

用德国作家温弗里德·塞巴尔德的说法，战后德国城市中最普遍的现象，就是沉默的德国人推着手推车，在街道上将轰炸后废墟的瓦砾一车一车收拾起来。那种景象会让你觉得似乎德国人命定如此；他们接受了上帝生出德国人就是为了让他们收拾瓦砾的命运。堆在车上推走的其实不全是瓦砾，还包括了尸体，亲人、邻居的尸体，他们还是只能默默地收拾，愈是痛苦愈是不敢流露出丝毫情感。

日本的战后却不是这样。一九四五年八月十五日，日本正式宣布投降，美国军部到美国政府与国会却立即陷入严重争执。接下来该怎么办？一派以太平洋战争经验到"一亿玉碎"的口号为依据，判定仍然必须动员大量部队才能有效镇压、占领日本，要有在日本遭遇强悍游击战争抵抗的心理准备。另一派则持反对意见，认为日本人会接受战败，不会在本土上再和美国对抗。

后面这一派意见占了上风，后来也证明是对的。属于这一派的，包括了海军顾问本尼迪克特，以及实际指挥太平洋战事的麦克阿瑟将军。

本尼迪克特访问了许多日本战俘，问他们为什么要打仗。得到的答案，几乎千篇一律都是——为了天皇而战。那战争的目的呢？战争的意义呢？大部分日本战俘答不上来。他们没有提到"大东亚共荣圈"，没有提到"亚洲奋起""替亚洲人民对抗西方"，更没有提到"防堵共产主义"。这些是日本军部对外宣传的重点，然而真正上战场的日本军人，他们心中只有天皇。

本尼迪克特得到大胆的结论：只要是天皇下诏投降，日本人应该就不会继续战斗。

而且这是唯一的理由。所以当时本尼迪克特这一群顾问，大胆下了一个结论，他们说：如果这些人只认同天皇，那么，只要是天皇下令投降，这些人就有充分理由不会继续战斗。事情证明的确如此。当然我相信这群顾问当时在美军占领的时候，心里一定也是忐忑不安的，那具体考验着他们对日本是否真正理解。

这原本是个大胆的预测，然而从美军登陆日本的第一天开始，就证明了本尼迪克特的看法是对的。美国人几乎没有遭受任何挑战，不只没有游击队，甚至还获得了日本人的微笑打招呼欢迎。美国大兵开着吉普车穿过东京最热闹的街道，完全不会感到危险，不需要持枪护卫，更不需要列队集体行动。几个军官结伴就可以安心开车到日本乡下，日本人会争相出来看，年轻妈妈抱着小孩，还会拉起小孩的手来摇，更大的小孩则追在车子后面，跟美国人要食物、要口香糖。

很难相信，才短短一两个月前，美国还是日本的死敌，造成态度大逆转的，是两个美国人很难理解的重要因素。在日本的文化，渗透他们的日常生活中，天皇如此重要、面子也如此重要。

对于美军占领，主流的意见，通过残存的宣传广播系统反复告诫日本国民的是：千万不要在美国人面前丢脸。日本必须表现为一个有风度的战败国。战争中宁死不屈英勇作战，是因为不能显现出懦弱让人看扁了；战后必须输得起，以和平姿态迎接美国人，也是为了不能显现小气、小心眼被人看扁了。战败国也有好有坏，有光荣的战败国和不名誉的战败国。

天皇的重要性

本尼迪克特比较过日本和南太平洋的原住民部落，两种文化中都非常重视受辱，却表现出很不一样的社会气氛。南太平洋原住民的生活很紧张，因为人与人的互动中随时可能出现羞辱的场面，他们很认真地在查知、防止别人对自己的侮辱，一旦感觉自己受辱了，又必须花时间和精力报复。但相对地，日本社会却显得和善有礼，很少出现人与人之间突然爆发的冲突。

日本人对受辱极其敏感。《菊与刀》中有一个故事，说一个在美国发展成功的日本艺术家，回忆他如何去到美国。他住在四国的穷乡下，得到了当地的基督教传教士帮忙，让他在教会中工作。和传教士相处久了，他学会了一点英语，十二岁时他立志去美国成为艺术家。他兴冲冲地将这个想法讲给牧师和牧师太太听，牧师太太表现得很惊讶，说："你怎么可能会想要去美国啊？"第二天，这个小男孩就收拾了行囊，从此离开了家乡，坚定地寻找途径要去美国。

他永远记得牧师太太当年对他的轻蔑。他说："我可以原谅人的罪恶，甚至包括杀人都可以出于特别的理由而原谅，但我不能原谅一个人对我轻蔑，对我轻蔑等于是对我灵魂的谋杀。"

然而，和南太平洋部落不一样的是，极端在意受辱的日本社会形成了繁复的礼仪制度，避免人与人间可能出现辱人与受辱的情况。例如说去人家家里拜访，客人若没被接待，那是受辱；但主人如果邋里邋遢被客人看到，那也是受辱。于是即使住在穷乡僻壤的小屋，没有别的房间，主人也会躲进屏风后面去整装，客人当作没看见、没注意到，直到主人穿戴整齐了，没有因误会而使任何一方感到受辱的危险时，主客才就定位正式会面。

又例如男女相亲一定要在公共场所，不能在男方家或女方家，而且相亲的男女主角一定不能说话。这是要让相亲看起来不像相亲，好像只是一般人的会面场合，如此就不会有相亲不成时究竟是谁拒绝了谁、谁可能被拒绝而受辱的问题，以保全双方的颜面。

乡下地方男生夜里偷偷去找女友，一定要戴上面具，为的是万一女生有任何情况不能幽会，只要假装没有认出他就好了，男生不会因为被拒绝受辱而必须采取什么保全面子的行动。

麦克阿瑟率领美军到达日本后，立即争取到了日本民心，因为他们做了一个决定，不将裕仁天皇列入战犯名单，还保留了天皇的位子，只是规定裕仁必须声明自己是人而不是神，并且从此日本天皇不得以任何方式介入政治。这替战败的日本保全了面子，让日本人不需要担心天皇受审时他们必须进一步承受的耻辱，连带地使后来的东京大审判对他们也没有那么难以接受，再怎么难堪的审判场面背后都隐藏着一份心安：幸好天皇不会、不用受审。

麦克阿瑟认识到天皇是日本人真正的信仰中心，取消天皇将使得日本社会失去在战后重建秩序的关键依赖。其实更重要的是，借由保全天皇，麦克阿瑟解除了日本人必须为了尊严而采取行动的集体压力。

战后的日本政治运作

麦克阿瑟支持保有完全象征性的天皇。从实质的政治运作上看，天皇已经不存在、没有意义了，所以美国人不用担心未来天皇会有独断权力，发动战争；但在日本集体心理的层次上，天皇还在，可以围绕着天皇信仰重建一套秩序。

然而反对保留天皇的日本政治思想家丸山真男却批判美国

人从来没有弄懂日本天皇的权力本质。天皇在历史上没有实权，却能在二十世纪中号召出发动战争的全民忠贞，这两件事是合而为一的。天皇什么都不做，如此保证了天皇从来不会错。天皇没有权力非但不是天皇制中的问题，反而是最有利的一项条件，天皇什么都不做才能永远是对的。麦克阿瑟将军认为拿掉了天皇的实权就没问题了，但如此做法将天皇推回原本的历史地位上，又变成了高高在上、与人间无涉、不可能犯错的绝对领袖。

昭和时期天皇能要求日本人绝对效忠，不是靠天皇自身的领导力，而是靠过去天皇因为什么都不做所以建立起的绝对不错的权威。对于像丸山真男这样的自由派人士来说，应该趁着战败证明天皇错了，证明天皇是会犯错的，借此取消日本文化中相信有人可以高于一般世俗对错的信念。他们认为保留天皇制，使得日本无法真正民主化，因为还有天皇永远不会被证明犯了错，而民主本来就是建立在"人都会犯错"的幽暗意识所形成的提防谨慎的原则上的。

丸山真男指出了天皇制在日本战后心灵上发挥的作用。日本人之所以没有像德国人那样沉默、压抑，是因为他们接受了天皇的绝对权威。去打仗是依照天皇命令，投降也是依照天皇命令，这里没有自由意志，也就没有自由意志连带而来的责任。天皇成为日本人逃避自由的最佳借口。

一九四五年之后，盘旋在德国人心头排解不了又无法回答的问题是：当希特勒上台时你在哪里？你做了什么？不是整体的德意志民族，而是每一个德国人，他们感受到个人的责任，逃避不了，所以只能保持沉默。他们绝大部分的人都没有反抗希特勒，个人良心也让他们编不出反抗的故事，那就必须对自己承认：我支持过纳粹，至少默认了纳粹的权力与行为。

日本人却可以将责任推给天皇，天皇不受审，等于日本没有真正为了战争受审。他们自认都是服从天皇命令，战后麦克阿瑟将军豁免了天皇的罪责，日本人可以相应地认为自己没有罪。

从收拾战后局面来说，麦克阿瑟的做法再聪明不过，他变成了维持天皇不倒的背后权威，分享了天皇的地位，不只得到日本人的感激，甚至得到了日本人的崇拜。但对丸山真男来说，也正因此，由美军主导订立的日本新宪法无从由下而上建构起真正的民主。

民主是美军由上而下赋予日本的，也是外来的。民主制度之所以重要，不是因为它良善、有效，而是因为它是美国人给的。这样的理由无从建立正常运作的民主。

在这一点上，丸山真男的观察、批判是对的。日本政治走上一党长期执政的道路，形成了自民党的派阀结构，那就是上面的权力垄断者来决定政治事务、由上而下的机制。

从自由派走向国族主义

保留天皇，让麦克阿瑟分享了天皇权威，甚至沾染了天皇的神圣性。连带着美国文化大举入侵，民主精神无暇和日本社会结合，从底层培养起来，而是长期维持着强烈的舶来性质。

美军总部在占领时期小心翼翼地防堵武士道，然而占领时期一结束，日本就掀起了"时代小说""剑侠小说""剑侠电影"的热潮，那其实就是武士道改头换面卷土重来。美军无法彻底禁绝日本传统，民主和西方式的自由始终保持了外来的性质，以至于美军撤离后，日本重新陷入本土传统文化和西洋外来文化的激烈冲突。

三岛由纪夫在冲突浪潮中剧烈摆荡。战后他先是摆向了西方式的现代欲望，在小说中揭露包括同性恋在内的种种欲望得不到满足带来的精神扭曲，并从中展现带点病态的美感。他原本是日本前卫的自由探索者，代表欲望冲动，却在六十年代的"安保斗争"、青年革命行动中，变得不再确定自己该站什么样的立场。

他像是一个被自己协助解放了的自由力量吓了一跳的人。更年轻的一辈声张自由，并在生活与行动中实践自由，为自由冒险，展示热情中的危险，如此气氛却使得三岛由纪夫愈来愈不舒服，愈来愈怀疑这股力量的意义。

他逐渐远离了欲望自由的立场，转向右翼日本军国主义价值观。他强迫自己练剑道，还强迫自己认同传统武士道。这个时期的三岛由纪夫无法承担自由带给他的压力。他的同性恋倾向，注定应该是被禁制、被压抑、永远无法完成的，如此才能有那份鬼魅之美。新的自由却在号召他去实现、满足这份禁忌的欲望。

三岛由纪夫害怕自由。不自由的时候可以去追求自由，而且活在明知即使追求也得不到自由的悲剧美感中。现在这个社会却逐渐走向不需要通过小说与象征就可以用身体去完成欲望的境况，对他构成太大的幻灭威胁了。于是他反过来拒绝自由，朝截然相反的方向走去，要去探寻最不自由的命运。

他找到了轮回，那里面没有个人自由，他要说服自己命运无法抵抗，而轮回是最清楚的由命运形式、最长远的制约。

这项追求又和前面提到的"赝品意识"有关。三岛由纪夫抛掉原本脆弱的外表，展现强健，然而他一直害怕别人会发现新的强健是硬练出来的，不是真的。只有一种状况能让他摆脱这种"赝品焦虑"，那就是由命运直接决定一个人，命运如何决定，你就是什么。所以他去寻找轮回的题材，用轮回来写《丰饶之海》。

但如果他真的完全相信轮回，向轮回信仰投降，将过去对于自由与欲望的所有念头都如同缴械般抛弃，那么他只能写出俗滥的佛教宣传品。他当然不可能遗忘过去，于是一生中的种种矛盾元素交杂在一起，形成了这么一部了不起的四部曲小说。

未完成的"文明提案"

三岛由纪夫选择为鼓吹天皇信仰而死,主张必须相信一个超越的、不能被违背的权威来保障存在。这是他认定的日本人的存在方式,和西方人相信自由完全不一样,他坚持要取消自由、远离自由。

我们可以象征性地说,他想要退回《假面的告白》小说开头所描述的状态,在母亲子宫里的状态,而天皇信仰就是那个如同子宫般安全的空间。他质疑自卫队员竟然接受效忠宪法,明明宪法规定中,军人与武勇精神完全没有地位,作为军人却以取消自我角色的规范为终极的权威,这太荒谬了。

三岛由纪夫生命终点处呈现惊人的对比:他的《丰饶之海》具备最高的文学价值,然而他对自卫队所说的一番话、他所信奉的天皇论,却如此简单、了无新意。正因为他临终的演说太贫乏、太凌乱,我们必须回到《丰饶之海》中去梳理脉络,才能真的明了他对传统、社会身份、社会制约以及新的西方式自由的复杂思考。

《丰饶之海》中展现出他对西方自由观念的高度不安,而他处理的方式是借由小说想象创建一个"另类文明"的图像。这个"另类文明"中杂混了日本传统对于绝对权威的信仰、西方现代对于欲望深度的认知,加上印度文明对于时间的循环绵延看法,只存在于三岛由纪夫的文学创造中。

他来不及更全面探索、呈现这个"另类文明",只在《丰饶之海》中写出了闪烁灵光,但已经足够让我们辨认,那确实是很迷人的一种文明可能性,沿着他的想象,会刺激出线性时间与循环时间错杂的独特美学。

这是一份未完成的"文明提案",一幅对于可能文明雏形的初步描绘。

三岛由纪夫年表

1925年	出生	出生于东京市四谷区，本名平冈公威。祖母是华族后代，幼年与祖母同住。
1931年	6岁	进入学习院初等科（相当于小学程度）就读，自幼受祖母影响，经常接触文艺相关领域，对诗歌、俳句感兴趣。
1937年	12岁	进入学习院中等科就读，离开祖母回到父母身边。
1940年	15岁	以"平冈青城"的笔名开始投稿、发表诗歌与俳句，并在《辅仁会杂志》发表短篇小说《彩绘玻璃》。
1941年	16岁	开始撰写短篇小说《繁花盛开的森林》，并开始使用"三岛由纪夫"作为笔名。
1944年	19岁	以第一名的成绩毕业于学习院高等科，并考进东京大学（当时称东京帝国大学）法学部。同年出版第一本小说集《繁花盛开的森林》，两个月内四千本销售完毕。
1946年	21岁	带着自己创作的短篇小说《烟草》拜访了川端康成，小说在川端康成的引荐下被刊登在《人间》杂志上，成为三岛由纪夫在文坛崭露头角的关键。

1947年	22岁	大学毕业,通过高等文官考试,进入大藏省担任公务员。同年于《人间》杂志发表短篇小说《春子》。
1948年	23岁	辞掉大藏省的公职,专心投入写作工作,并加入"近代文学"组织。陆续发表长篇作品《盗贼》、剧本《火宅》等。
1949年	24岁	出版第一部以专业作家身份发表的长篇小说《假面的告白》、短篇小说集《魔群的通过》。
1950年	25岁	出版长篇小说《爱的饥渴》《青色时代》。同年发生僧人火烧京都鹿苑寺(金阁寺)的重大社会事件,是三岛由纪夫创作经典之作《金阁寺》的灵感来源。
1951年	26岁	开始连载长篇作品《禁色》,其间曾经中断了十个月。同年出版《夏子的冒险》。
1953年	28岁	完成《禁色》系列完结篇,该作牵涉复杂的同性与异性情欲,是三岛由纪夫在《假面的告白》之后再次轰动文坛的作品,更明确地奠定了他的作家地位。
1954年	29岁	出版了中长篇小说《潮骚》,并以该作荣获第一届新潮社文学奖。该作出版不久后便被导演谷口千吉改编拍成电影,后来又数次被改编为影视作品。
1956年	31岁	出版《近代能乐集》,连载并出版长篇小说《金阁寺》,发表剧本《鹿鸣馆》,在"文学座"创立二十周年纪念会上公演。《潮骚》被翻译成英文在美国出版,是三岛由纪夫的作品首度被引介到国外。以《金阁

		寺》获得读卖文学奖小说奖。
1957年	32岁	《近代能乐集》英文版出版,同年受邀赴美参访,在密歇根大学以《日本文坛的现状与西洋文学间的关系》为题发表演说。
1958年	33岁	在川端康成牵线下,与画家杉山宁的长女瑶子结婚。《假面的告白》英文版出版,着手撰写《镜子之家》,发表剧本《蔷薇与海盗》。
1959年	34岁	出版散文随笔《不道德教育讲座》,《金阁寺》英文版出版,出版《镜子之家》。
1960年	35岁	主演电影《风野郎》,饰演落魄的黑道分子朝比奈武夫。出版《宴后》,该作品以前外相有田八郎和东京知名料亭"般若苑"女主人之间的关系为蓝本。
1961年	36岁	出版短篇小说集《忧国》。《宴后》遭有田八郎起诉,卷入了官司。发表剧本《十日之菊》,获读卖文学奖戏曲奖。
1962年	37岁	长男出生。年底发表长篇小说《美丽之星》。
1963年	38岁	和合作了十多年的"文学座"剧团公开反目。出版《午后曳航》。
1964年	39岁	出版《肉体学校》《绢与明察》,并以《绢与明察》获每日艺术奖。
1965年	40岁	得到了诺贝尔文学奖提名,刺激下认真思考回归小说创作,决定开笔写"四部曲"结构的超长篇小说,开

		始连载《丰饶之海》第一部《春雪》。同年将《忧国》搬上银幕,自导自演。
1966 年	41 岁	《宴后》与有田的官司达成和解。
1967 年	42 岁	开始连载《丰饶之海》第二部《奔马》。4 月以本名加入自卫队,体验军旅一个半月左右的时间。
1968 年	43 岁	《禁色》英文版出版。出版评论集《太阳与铁》,完成《丰饶之海》第二部《奔马》,开始连载第三部《晓寺》。8 月取得剑道五段合格,10 月主导成立了右翼组织"盾会"。
1969 年	44 岁	陆续出版《丰饶之海》第一部《春雪》、第二部《奔马》。
1970 年	45 岁	出版《丰饶之海》第三部《晓寺》。5 月开始撰写第四部《天人五衰》,并于 11 月 25 日请新潮社将全书完稿派人取走,随后就在同天中午偕同"盾会"成员前往东京市谷陆上自卫队东部方面总监部,切腹自杀。最后遗作《天人五衰》于翌年 2 月出版。